诗歌风赏

秋水长天

大型女性诗歌丛书

娜仁琪琪格　主编

2016年第三卷
总第013卷

POETRY APPRECIATION

長江出版傳媒
长江文艺出版社

诗歌风赏

时光最美的记忆与珍藏

关注 Attention

新浪微博 @ 诗歌风赏
http://weibo.com/shigefengshang
微信公众号：诗歌风赏

新浪博客：http://blog.sina.com.cn/shigefengshang

联系 Contact Us

E-mail：shigefengshang@126.com

我们 About Us

主　　编　　娜仁琪琪格
编　　辑　　爱斐儿
　　　　　　三色堇
　　　　　　纳　兰
　　　　　　宫白云
网络编辑　　原　野
美术设计　　苏笑嫣
排版制作　　慕玺雅

秋水长天

娜仁琪琪格

“落霞与孤鹜齐飞，秋水共长天一色”，这样的画面经常出现在我的梦里，落霞、孤鹜、秋水、长天，所对应的美，相辉映、共和谐，那种寂静与宏大展开辽阔，宁静致远，在这静与动、高与低，天空，与河流中抵达多维的世界，光与影、现实与幻梦于音符的跳跃里拉开了乐章。

在这样的情境里我经常怀有忧伤，是在思念草原吗？我的祖先游牧的地方，它们在我的血液里奔涌，在某个瞬间就铺展开画面出现在眼前。抑或它们是我哪一世的故乡，在生命的轮回里也不曾丢失？

“我要临水而居”，我对自己说，后来我就说出了声来。

此时我在京东一隅，临水而坐，润泽在一场夜雨所带来的清凉里。鹧鸪、水鸭，偶尔也有喜鹊的鸣叫，这些鸟儿都是饮了夜露与雨水的，它们把清亮亮的鸣叫此起彼伏一波又一波地送入我的耳朵，我抬首就望见一湾水流托举起一片片、一丛丛碧绿的芦苇。而我眼前却浮现了“落霞与孤鹜齐飞，秋水共长天一色”的画面，那意蕴，仿佛又把我带入了某个秋日的傍晚——太阳缓缓降落，它所焕发出来的美，染红了云霞；这绚丽之极又低伏于潮白河清澈的水流，成为临水照镜的人；白鹭从苇丛里突然飞起，向着云霞飘动，飞向瞬息万变的天际。

时光跑得真快，转眼又是一个夏季，比时光跑得还快的是编辑的思路，编辑始终是走在时间前面的人。此时，我埋首的工作已是第三卷的书稿，在这卷书面世时，便是“秋水共长天一色”之际。

本卷“独秀”诗人白兰， 她以恬淡的心境、无限的爱接近自然，也被自然所拥抱，在与天、地万物的交融中她读懂了“草木之心”，她生命中巨大的潜能也被“草木”唤醒，一次又一次代“草木”说出爱、美，花开花落，风起云涌，每一次心的悸动、颤栗都饱含禅意。是辽阔的草木涌起的风，是无垠的海拍击着岸。

万小雪、黄芳、舒丹丹、青小衣、幽燕、离离、王妃等14位诗人在“群芳”中会合，展现各自独特的风华。康雪、余洁玉、张会勤、那萨、刘梦、禾吟汐6朵小花“绽放”的清欣，依然给我们带来了早春的清新，在这里为她们贺彩、点亮、导航的是评论家刘波教授，明媚的光芒涌向远方。

“雕塑”作为跨界栏目，诗人李小洛于本卷带来了她的诗画和随笔，于是你不得不心悦诚服她的聪慧，你也许会想：好的诗人骨子里都有万里画卷。

草人儿、苏笑嫣，在“花絮”放下分行的节奏，细腻的文字舒展开去，诗人多方面的才华跃然纸上。

醇美的酒香扑面而来，在清凉的风中远了又近了，本卷由三色堇访谈潘红莉为大家“煮酒”，谈创作、谈编刊，这诗意的工作与生活，相信你会入得佳境，于酣畅中获得经久的深意。

本卷“采玉”，由翻译家汪剑钊教授给我们带来俄罗斯诗人米拉·洛赫维茨卡娅的诗歌，还有他的精彩解读。

不知不觉中到了掩上这一卷书本的时刻，顺着诗人川美指出的方向，看到“一只鸟照亮深暗的松枝”。

001 独秀

019 群芳

117 绽放

封面·封二·封三 美术作品 郭莉

独秀

OUT SHINE

POETRY APPRECIATION

白兰

白兰，原名程岚，20 世纪 60 代生，现居北京和石家庄。诗歌散见于各种诗歌杂志，作品入选多家年度选本。著有诗集《爱的千山万水》，获第三届河北诗人奖。

草木之心（组诗）

白兰

美　好

如此安静的一个下午。我走在岔河北岸
败叶们枯叶蝶一样挂着
雪在远景中闪着光……
旧物们都干净了
我的脚下
旋着光。

再没有什么让我心动。以往攥紧的
轻轻松开
以往燃烧的
一一熄灭
生活的阳面和阴面我都看清了
过去的和未来的我也都知道了
三只羊在白光中安详地寻着枯草
一只鸟窝高高地站在枯枝上
多美啊
一抬头　一只鸟影子一样飘过……

唯愿这世界纯美如雪

唯愿这世界纯美如雪。你送到我耳边的每一句话
都叠加着黑夜的空灵和雪花的轻
这世界太沉了
我的心又过于单薄

唯有这不带半点烟火的心意
雪花一样轻轻落在我的心上。

我捧着这短暂的夜色之光像捧着一枚圣果
果皮鲜美
果心甘甜
我紧紧捧在手心
以此来消融我心里的冰雪。

就像这永无休止的海浪

风一次次推着海水……
海水一次次被打开……
多少光跌入海水回不到天上
多少贝壳被冲到海边　回不了故乡。

那天我在岸边　一直看海水
哗的一下子……
哗的一下子……
风把海水吹出了无数个伤口
可是海啊
一直在欢跳
沙粒们追着海水浮过我的脚踝
像水草纠缠了一下岩石。

这里的海和祖国的海一样
总有千年的珊瑚在海底等着一只手
总有盐粒等着阳光归还它们洁白的身
在海边
我目睹着一波海水送着一波海水……像迎亲的队伍
白鸽子寻找它蓝色的故乡
像盐粒溶于一片蓝布
精神病人缓缓沉入镇静的药物
像我刚要抓住　忽闪一下又消失了的灵感
我刚刚煮熟的米饭　被一个人一口吞进了胃里

像饺子下锅
白蝴蝶纷纷隐于暮色……啊
一生中所面临的俗事　真像这永不休止的海浪。

旧时光似乎就挂在一朵芦花上

一进腊月　河水就结冰了
河面像一只白鹭
溜冰的人
是羽毛。

冰上的光太亮了　天上的云朵闭着眼睛也能看清
一只麻雀循着旧日的弧线
它丢下
一个光秃秃的河套。

一切都是敞开的。风打开了无数朵芦花和狗尾巴草
它们在风中摇啊摇
像极了爷爷的胡子：仿佛干巴巴的旧时光
就挂在一朵朵芦花上。

我给河边留下了一串脚印
白雪捧着它们
像捧着一个个仙人掌
我就这样被雪地捧着
有一种被宠着的感觉　真想抓一把雪捂在胸口
真想对着摇摆的芦花说……
当我越来越旧　也这样摇摆。

愿力……

愿我清晨一念　沾着昨夜的露水
与整个世界彼此照耀。

愿醒来的我　在阳光下有一个灵活的影子
埂上一只小田鼠
它获得一天的平安和粮食。

一只燕子的影子和万物的影子是一致的
一位清洁工的影子和一栋高楼的影子是一致的
一颗心和一万个诉求是一致的
海上一只桅杆
像汲水的燕子……

愿我像一个完整的春天：应着悲伤的泪水
把一公顷的幸福布施给天下的人
当我从佛经里抬起头
晨钟暮鼓的声音是洗过的
我的心是隔世的：佛经里有那么好的秘密。

我不会写愤怒的诗歌

我不会写愤怒的诗。天地给予我的已经够多了
秋天来了我吃到最甜美的果蔬
冬天一来
凛冽的风告诉我亲人的心多么温暖
长河日下
总有一群鸟带给侧目者飞翔的快乐
我记得　初春第一个嫩芽……小鸭子脱壳似的
心都要飞了。

给予一条生命的成长是多么大的恩德。如果我一直顺着风
我的额头绝对不会被风吹疼
我怎么会将一簇箭翎射向某一个目标的呢？
江山的变迁是自然的。我遵从活着的法则
去一个远方绝不以泪水为代价
登一处高地绝不以损伤为价码
一只蝴蝶呈现给我翩然之美
我感恩它的小和无辜。一簇荆柯划伤了我

我感恩它的提示
伤害再大　怎么能大过我的宽恕呢。

我走在五月的鲜花中……

我走在五月的鲜花中。尘埃的小与光斑的轻
没让一朵鲜花飞起来
花朵们依恋着花茎　我依恋着美。

一个人的热爱总是渺小的。五月
蜜蜂与隐匿的小鸟
蝴蝶扇动着翅膀　一阵一阵
撩拨起花香……

五月啊　雨水的柔软没有让大山低下头颅
我热爱的江山
也没来得及更改姓氏……
我有一千个理由喜欢这个月份
即使　一些事件背叛了我的内心
我还是
一次次　独自走在鲜花盛开的五月……

像一群蚂蚁寻求着春天

大寒之后　飘着雪
我去一家大医院看亲人
走廊里到处是人　临时床位
冷色调　死潭一样的眼神。

我路过的时候我像一只忽闪而去的蝴蝶
我丢弃的
不是春天。

他们多像将熄的灯盏。拥挤在这里

等待一只妙手的点燃
一个定义　一个词语的腾挪
对他们来说都是地动山摇
活着就是奔命
散了架的身体来这里寻求拼接
医生给他们拧一颗新的螺丝钉吧
医生给他们刷洗一下生了锈的胳膊腿吧
还有那些繁衍着人类的子宫
都需要你们轻拿轻放　小心翼翼地取舍……

多么愿意他们都是木林
大寒将至
春天马上就来
他们在春天里长出新的器官
枝繁叶茂　快乐地活在春风里。

飞机在黑夜里飞行

飞机在黑夜里飞行。像一个孤独的骑士
没有来路也没有去路
分分是勇敢　秒秒是魔咒。

黑压压地　压着宇宙
这种黑啊
决绝　霸道　说一不二。

仿佛永恒一直在天上。我的孤独对着一个夜空
像一只蚂蚁对着一座大海
我相信夜幕中众神降临
相信众神举着手　托着这个黑压压的天空
我还相信一声佛号就是一艘大船
载着一块儿铁
也载着一个夜空。

此时若说沦陷　你一定会相信一个咒语

暗中移动着天穹
必有风扭动着身子侧身掠过机翼
没有数码的黑夜是一部完整的经书
相信它　写满了安宁。

越来越像一株忘忧草

不需要每一株植物都朝着我微笑
每一个雨滴
在春天的洗礼中落到我的额头
不需要每一棵小草为我顶起小小的花冠
每一只烛火
在我的梦境里留下一点小奇迹

我在乎月光升起时好心的星宿呼应着它的颤动
我的亲人　像园圃里的草莓
一个个长着宝石般的心
我在乎人心从未阑珊　不为一道彩虹产生嫉妒
每一次晴好
都是为了青稞们的荣耀……

我越来越像一株忘忧草……

清晨飞来一只花喜鹊

你是第一个告诉我消息的人。黎明的影子来不及
退得再远一些——
来不及
万朵霜花落满梅花的枝头……

我能感受到你心里奔流的。像礼花急于告诉黑夜
有一种美丽叫绽放
那时白花花的光阴全打开了

你的真诚像一只鸽子
扑棱一下
飞进我心里。

那种暖意像阳光涌进了大海
火焰在遣返的路上　不断遇见火柴……

多好啊。总有一种渴望超越沙漠
总有一朵桃花
遇见一阵春风
——清晨飞来一只花喜鹊
你的名字是今天最亮的……

有多久我没仰望过天空

一只低头吃草的羊
它全部的旅程都在一茬一茬青草上
大地是它贪恋的深渊
俯首甘为青草低的日子
不关清风明月。

我是一只羊。半生的光阴低俯在一张纸上
写不出一句比山高的词语
我的葱郁长在自家自留地里
星月何时照耀
有多久　我没仰望过天空……

一棵枯草遇见春天就会活过来

她说她病了，得了癌
她说这话的时候一只燕子从头上飞过
我似乎看见一只蝲蛄从一株植物的根部狠狠咬去
花香瞬间落入泥土……

那一刻我的眼神一定泄露了内心的秘密
她游离的目光
像一阵散乱的风……

我说：青山被风雨侵蚀了那么多年
还站着
一棵枯草遇见春天
就会活过来。

……我的这些话在风里　没一点痕迹
多苍白啊。可是我说出这些的时候
她的眼睛
黑潭一样闪跳出一丝光亮。

极　致

总想让你取走我骨髓里的骨髓
血液里的河流
总想让你摘走我身体里的春天
细胞里的小灯
总想在一个薄雾迷蒙的早晨
为你升起一缕炊烟
总想我的小名　海洋一样蓝
总想眼睛和小鸟们的爱恋
都成为你一日三餐里的食盐
我活着的时候
为你把一层层阳光打开
化为一把香泥之后
所有路过你面前的女子
都像我这样用灵魂为你提着花篮。

天地之间一颗心

白兰

特别喜欢大自然。一进入山水丛林，陡然生出万般欢喜，人会瞬间被净化，被置换。仿佛，你成了一根草茎，一枝花叶，万种风情，皆在眼睛里回旋。

最近几年，生生生出个毛病：喜欢一个人独自地走，且在人影稀少时分。这个时候，天地无扰，一切简单舒朗，心想在地上，就看地上的植物花草，心想到天上，一抬头望见一只小鸟，一颗心，就跟着小鸟到了天上。

一个人走，一点也不孤独，万物与你有回声：你在它们之中，你的心跳，你的呼吸，你血液里的涛声，每一株林木都在听。它们是你的朋友，它们体慰，忠诚，宽容，无声地安抚，不知不觉中，你的心就被置换，重新装进去的，是无限的欢喜和自在，无限的高远和豁达。

我家附近有两条河，一条叫岔河，一条叫滹沱河，岔河是人工的，滹沱河是自然的，几年来，两条河给予了我无尽的恩惠。

我更偏心滹沱河，它的自然和开阔，更易安置我。延岸几十里，修建了景观。南岸修建得早，树木已成林，北岸的公园于 2015 年夏天刚刚开放，视野开阔，景观植物和花卉循着季节次第开放。这里，几乎成了我每个上午或清晨自我放逐的地方。

三月一来，四月一近，那里的报春花、白玉兰、紫玉兰、桃花、梨花、榆叶梅、海棠、棣棠、丁香、杜鹃、紫荆、连翘、紫花地丁和龙爪槐……随着气温渐暖，一波一波地扑来，垂柳们摇荡着，喜鹊和麻雀叽叽喳喳……

每当这个时候，我无限感恩天地的恩惠，我回报大自然的，唯有热爱。

清明前的一个清晨，我像往常一样又来到滹沱河北岸，一夜之间，一些花又开了，一些柳枝，又稠密了。初升的太阳拉长了林木花草们的影子，风一吹，满地晃动。远处几个园丁，在早晨的雾霭中，像仙境里的神仙，他们身影翕动，在海棠和紫荆枝叶间，牵动着滹沱河北岸的无限风光。

这是一处绝美的地方。每一株植物都是谜，我无法知晓它们是在哪一刻哪一分哪一秒忽然长大的。我若懂得它们的心该多好！这个念头一冒出来，我有些激动。是啊，草木是有心的，草木的心，简单，内敛，从容，谦卑，勇敢，坚定，本分，无私，博大，忠诚……这些美好的词，我一一加冕在植物们的头上。它们静静站着，它们的一生都站在最初生根的地方，一生都在望着远方，一生都在慷慨地施舍，人来了，它们捧出荫凉；鸟来了，它们献出枝叶做巢穴；小虫子来了，它们供奉叶子和汁液；雷电凌厉，它们不惧；风雨扑来，它们侧一下身，立马就挺直腰板儿……春来发芽长叶开花，夏来枝叶茂密消解酷暑，秋来果香慰万家，冬来卸去一身繁华全身而退。

第二年，春风一唤又出来。

我是一个虔诚的佛家弟子，这几年，走过一些地方，无论走到哪里，都愿意去朝山礼拜。我发现，无论哪一家寺院，都是满院葱郁：银杏树、柏树、菩提树、七叶树、苏铁、青檀……植物，成了佛家思想的一个标签。

寺院里的林木，有“五树六花”之说，即佛经中规定寺院里必须种植的五种树、六种花。五树是指菩提树、高山榕、贝叶棕、槟榔和糖棕；六花是指荷（莲）、文殊兰、黄姜花、缅桂花、鸡蛋花和地涌金莲，这些植物花卉，因其独特的形态被赋予了深厚的佛教内涵。

在“五树六花”之中，至少有四种树、两种花是佛教的礼仪植物。这四种树是菩提树、高榕、贝叶棕和铁力木，两种花是莲花和无忧花。

而“五树”之中的菩提树，是印度的国树。菩提树的梵语原名为“毕钵罗树”，因佛教的创始人释迦牟尼在菩提树下悟道，而得名，“菩提”意为觉悟。

在我们国家，乃至世界，也有解花语之说。

红玫瑰：热恋、热情、热爱。白玫瑰：天真、纯洁、尊敬。郁金香：爱的告白、真挚情感、永恒的祝福。康乃馨：伟大、神圣、慈祥、温馨的母爱、爱情、健康。勿忘我：永恒的爱。茉莉花：亲切。山茶花：希望。秋牡丹：思念。紫罗兰：贞节。燕竹花：友谊。满天星：友谊永存。樱草花：青春。棕榈：胜利……

道不尽草木们的禅意，道不尽草木们的谦卑和高贵。草木的心，有着最高的境界，是我们一生都在领略，却无法抵达的。

庆幸今生与佛教结缘，感恩她源源不断地为我的心灵提供着营养，让我拥有了自我消解的能力，让我愿意与一切喜欢的不喜欢的，都达成和解。当心大时，一切无障。这种心境，使我写不出愤怒的诗，这不是虚伪，也不是麻醉，这实在得益于伟大、智慧、慈悲与宽容的佛教思想，长年的潜移默化，佛教的慈悲与宽容，渗进了我的血液，主宰了我的人生观念，也就造就了我的文字气质，很难出现大风大浪般的冲击，很难出现刀光剑影的凌厉。

以我一首诗歌结束这篇小文，或许，它完全可以阐明我的诗歌立场和内心风景。

我不会写愤怒的诗歌

我不会写愤怒的诗。天地给予我的已经够多了
秋天来了我吃到最甜美的果蔬
冬天一来
凛冽的风告诉我亲人的心多么温暖
长河日下
总有一群鸟带给侧目者飞翔的快乐
我记得　初春第一个嫩芽……小鸭子脱壳似的

心都要飞了。

给予一条生命的成长是多么大的恩德。如果我一直顺着风
我的额头绝对不会被风吹疼
我怎么会将一簇箭翎射向某一个目标的呢?
江山的变迁是自然的。我遵从活着的法则
去一个远方绝不以泪水为代价
登一处高地绝不以损伤为价码
一只蝴蝶呈现给我翩然之美
我感恩它的小和无辜。一簇荆柯划伤了我
我感恩它的提示
伤害再大　怎么能大过我的宽恕呢。

风改变了自己的形状

李南

对于白兰，身边越来越多的朋友有一个共识：在她的身上，逆生长表征体现得尤为明显，这不仅仅指她的身材容貌，更是指她的心性和足够优雅的内在气质。

从初学写诗的文学女青年程岚到诗人白兰，其间的蜕变，用了二十多年的时间，这是可以令一个人理想丧失、面目全非的时间。相反，诗人白兰却通过诗歌进行着一场自我教育，自我救赎，变得流光溢彩——不论是生活还是写作。

作为白兰写作的见证者，这二十多年来，我一直关注着她的每一节段的变化。对于诗歌，我们有同感，有个见，有争执，还有各自努力的方向。白兰写诗，一直是安静而热烈的。说她安静，是她对诗歌、对诗人有种天然的态度，不卑不亢，不卷入诗坛的是是非非，对名利的淡然，使她葆有了纯粹的诗心；说她热烈，是对诗歌痴心不变，当她读到好诗时，会心跳加速、全身哆嗦。对诗友的诗歌更是不吝溢美之词，几乎她认识的每个诗友都领受过她那夸张又美好的褒扬。

生活中，白兰单纯，善良，开朗，热心助人，在朋友中具有极好的口碑，这个喜欢穿鲜艳衣服，这个做饭时都在唱歌，这个听三句话只认一句话的女诗人，看上去是那样没心没肺，殊不知，她却以率直的本能，自动淘汰了生活加于她的负重，而把她的简单、善良、透明，把她的春天、她的山河植入了她的诗歌中。

白兰的诗有一种通透的明亮和温暖，有一种轻舞飞扬的灵动。在白兰这里，她的诗和人得到了高度统一。她有一首诗《我不会写愤怒的诗歌》，表达了她的诗写立场。“天地给予我的已经够多了／秋天来了我吃到最甜美的果蔬／冬天一来／凛冽的风告诉我亲人的心多么温暖”，正如王国维论述的两种诗人，白兰是这种诗人——“不必多阅世，阅世愈浅，则性情愈真，李后主是也”。

和所有诗人的经历一样，经过多年的诗歌写作练习、反复的淘汰与被淘汰，白兰终于找到了属于自己的声音，在《草木之心》中留下了闪耀着露水光泽的诗篇。早期的白兰写宏大的主题，写形而上的思考，这些诗混迹于众多诗人的写作中，难以识别出她自己的脸谱。如今，白兰提起这些诗来，常常自嘲，有太多的反思，以至于在她的诗集《爱的千山万水》和《草木之心》中，一首也没有收录其中，可见她的自知和自律。

中国当代诗歌不缺乏热衷于词语探险的诗人，也不缺乏试图颠覆诗歌传统的先锋诗人，更不缺乏道德捍卫者，形形色色的诗人汇聚到一起，构成了中国诗歌图景。

而白兰属于那种“正道”诗人，是“我手写我心”者，确切地说，她是一个感性的诗人，她时常会为一场初雪欢呼，为一朵花盛开惊叹，为肃杀的秋天忧伤……因此，表现在诗中，自有一番奢华的诗意。白兰写出的诗大多是赞美自然，歌颂爱情友情亲情，抑或是日常生活感触，带着她独特的诗歌特点，飞扬中有节制，感性中又杂糅理性，比如《我想活到 99 岁》《如果春天不会喊叫》《你的字也是艺术的》《给康巴诺尔唱一首情歌》《祈祷》《一首诗折磨我寝食难安》等等，都给人留下深刻印象。

白兰身上有一种奇特的想象力，那是夹杂了记忆、经验和再创造的成分，有一些诗句经过她的组合，发生了意想不到的效果，比如：“草原上的雨水，做我的耳坠吧”（《给康巴诺尔唱一首情歌》），“山水有隐语，它倾斜的山势恰似我们陡峭的一生”（《和你一起去远方》），“我们甚至成了一棵植物上的茎和花 / 掐断一个 / 另一个就喘不过气来。”（《实话》）……也许是她天生具有诗人的禀赋，也许她的个人经验与别人不同，也许是一道奇异的闪电袭来？我说不清，也永远无法找到她的秘笈。

白兰诗中的宇宙河山、花草树木，这些喻体都经由白兰的双眼转化为一行行诗句，释放出来的气息也皆为她对生命、对时间、对自然、对生活的理解。在诗集《草木之心》的“他们一直在哗哗地落着”这一辑中，她主要写亲人、朋友、爱人，生命过程中，死亡的不期而至。诗人用她细腻的笔触小心翼翼地诉说她那揪心的担忧、心底看不见的怕和爱。这也是每个人心底的怕和爱，这是人类的宿命，那么无奈，那么绝望。因此，我最看重的也是这些诗。

近几年来，白兰的诗歌又有了一个新的变化。她皈依了佛教，她进寺院，读经书，从佛家思想中找到了解释世理的钥匙，这有如一股强大的精神脉流注入她的诗中，使她的诗上升到一个新的高度。对此，朱光潜可谓一句道破——“诗虽不是讨论哲学和宣传宗教的工具，但它的后面如果没有哲学和宗教，就不易达到深广的境界。”

白兰笃信佛教之后，她的心性悄然发生了变化，她变得更加悲悯，更加淡定，并且时时充满喜乐。体现在她的诗中，诗意也发生了本质性的变化。在白兰近几年的诗中，她将现实生活中的难题交付给佛祖，用宗教视角来看世界，这样，就区别开了凡人看世界的视角。所站立的高度不同，她诗歌中选用的喻体就有了新的含义。比如她的《像蜜蜂返回庸常的生活……》《愿力》《凌晨四点半的香》《入定》等等，让人耳目一新，这是她接受宗教思想后的又一次升腾。

岁月这个词，有时在不同人的身上，会呈现出悖逆。人到中年的白兰，不仅没有被岁月裹挟而去，反而开始乘上它飞翔，她常自豪地宣布，我大红大绿要穿到80岁！世俗生活中的白兰越活越超脱。这个爱读书又爱美的女人，已经再也不惧怕时间。与此同时，她的诗艺也越来越精湛，自觉地调整自己的创作方向，对于白兰来说，她所经历的一切，都是为了诗歌。

再没有什么让我心动。以往攥紧的
轻轻松开
以往燃烧的
一一熄灭（《美好》）

当我从佛经里抬起头
晨钟暮鼓的声音是洗过的
我的心是隔世的：佛经里有那么好的秘密。（《愿力》）

如此通透，如此澄明。目前，她已渐入佳境。也许正应了奥登的那句话“大诗人的成熟要延续到晚年”。

这几年，白兰游走于国内国外，大江南北，这种旅行生活无疑也成为她诗写资源之一，行走让她开阔了视野，见识了形形色色的人和事，所见所想，无一不渗入她的诗中。白兰是自然的女儿，只有在大地的怀抱中才能尽享天地之美。

李南，女，20世纪60年代出生于青海，1983年开始写诗，1994年出版诗集《李南诗选》，2007年出版诗集《小》，2014年出版诗集《时间松开了手》，作品被选入国内外多种选本。

群芳

PPOETRY APPRECIATION

Pavilion of poetess

1 2 6 7
3 4 8
5 9
10 11
13 14 12

1 万小雪 8 王妃
2 青小衣 9 湘莲子
3 黄芳 10 陈亚美
4 幽燕 11 初梅
5 舒丹丹 12 丫丫
6 微紫 13 琪轩
7 离离 14 宇舒

打开密码（组诗）

万小雪

朗　读

请你大声说出来：那些遗漏的细节之美！

宁静的月光、青苔、清脆的水滴声
它们暗地里清澈
因为你，一次婉转
一次停顿

像阅读一个祖国那样：你须按捺下苍茫
不安地，为一株水生植物命名
大声说出根、茎、叶、花，还有那
渐渐瘦瘪下来的，果实

请你大声说出来：那些难以启齿的细节
像皈依，像一个婴孩那样
仔细辨认：血，还有太阳的脸庞

你舌尖上开始起伏，圆润的海
细腻骨骼间隙的浪花
每一次，暗礁都要让你
美丽一回

你试图穿越我黑暗的瞳孔，无数次
打开密码：月光、水珠、青苔
那里倒映着
一片母语的幸福

艺术的母亲

乳峰缓慢隆起，腹部在有序地起伏
白纸上
她是一位艺术的母亲

静静地，一圈一圈地圆晕
湖水的温暖
忧伤的蓝，蓝得碎裂

那些稚嫩的目光，黯淡的炭笔
第一次运用丰润、明媚和阳光的弥漫
为一位母亲，从低处
一直光明到高处

腹部依然缓慢起伏，她接受了一个时代的审美
她甚至接受了，皮肤
褪色的
黑里的白

似乎，倾斜的灯光，也幸福漫过
一位母亲的骨骼和血液
甚至魂魄

一只小麋鹿在远方
嗷嗷待哺

纸教堂

那里的赞美诗还在继续：

童音的小喇叭花蕊，一只蜜蜂
疲惫而甜蜜的触角
试探到：一瓣经文
湿漉漉地，绽放

宁静的唱诗班，仰起脸颊的昆虫们
圣洁而孤独，像一束月光掠过
我的纸教堂。那里攀援着
一只饥渴的鹰

那里悬挂着的美啊，还在继续：
它用黑暗中的微光送我一程，给我
一段平静的闪电

—— 而我静卧的那段泉水
已经饱满到，一览无余
细碎到
白纸窗棂里，每一次
丰盈的对视

那里啊，一个因祈祷而存活的尘世
还在继续，还在辉映着
我的爱和荣辱

生物谷

大雨淋湿了一片生物谷
毛茸茸的阳光
像你烟熏的指尖，诧异地
掠过我

散乱的声音，如一地的词语
从草群的峰巅
露珠一样滑向我，俘获我自卑的战栗

漫过腰际的波浪啊，也是你渴望的：
另一片水的悬崖
生物谷里
一片荆棘的芬芳，找到了我

而你撑开了
那朵叫做晴朗的伞，平静地笑

……你的领空里
我的彩虹正在画圆

月亮屋顶

月亮屋顶，升起来了：

缓慢爬上屋顶的月亮
带着藤蔓，带着一屋子的
坎坷和苦楚
在这一刻，都幸福地
升起来了

悬空的光芒，一寸一寸
在枕边冉冉升起
微笑、喊声、梦呓、酸涩的气味
都和世界的美好
讲和，并且升起来了

月亮屋顶，在空中飞翔
它的翅膀缓慢打开星光
打开银河系
宇宙的果核里
平民们幸福地仰望，凝视

那时候是美的

那时候是美的，落雪静静地
盖在我们的呼吸上，甜蜜的味道
四处弥漫
天地像一个晶莹的坟墓

那时候，生就是为了死
并且很好地支配爱
以及爱携带而来的风暴之美

如果这辛酸，这心灵之痛还能背负我的美
那我继续拐弯，继续承受
我在两个世界，甚至三个世界里行走
一件衣服的美，一个肉体的美

那时候是美的
雪自己下着
爱自己爱着
泥泞破碎，也是美的

山河醉

风刚刚结束。我的长发冰凉于月夜
一座九月的站台，荒芜地
往返于我的身体
我镜子般碎裂的容颜里

—— 那样白皙的肌肤，一颗心是如何供养的

你善于修补的双手
把黑夜补成白昼
把碎片补成羽毛
把我的叹息，缝补成
爱的山河

活着，带着腼腆之心
骨瘦如柴，目光如雪
我在白纸上，抽刀断水
一个水淋淋的童话
是我用彩虹堆砌的坟阙

风刚刚结束，那些污秽的言辞
已经被一场秋雨淋湿了，清洗了

情书一

那朵让梅失色的雪，来自千里之外的轻
她更像一团炽热的火焰，更像时光的灰烬
照亮了一个长冬的阴霾和雾霭

在你的皱纹上安家吧，我的梅树
你嘶哑的喉咙，你咯血的唇
为我恪守了一封远方路途上最长的情书

在你颤抖的灵魂上安息吧！
这黯淡将是重生的一部分羽翼
这荣辱也是重生的一部分羽翼

梅之重，而我只占据你须臾的宁静
暮色，河流，群山，每一次归来的梦魇
是我未曾抵达的那一刻

情书二

那些忠实的影子，在这个严冬被封锁在风里
比我更爱你的，是那些阳光里细小的绽放
是我孤独而琐碎的灵魂

你用指尖弹落的十二月，缓慢掏出花瓣
白色的、粉色的、蓝色的、墨绿色的
我被暮色里的影子托举到了你的面前

这样轻，你取下其中的一段花蕾
在我的臂膀上邂逅蝴蝶
漫天飞舞的雪啊！你看见了光明之后的光明

你取出体内的影子们，倒在茶杯里
一轮明月浮上来，一次喘息浮上来
山岳如此多娇，我闭上了刚刚睁开的眼睛

世界像是这塞外的雪，柔肠百尺

情书三

整个冬天，漫长绵薄的一声叹息，将我
囚禁在这梅枝上，风吹来了芭蕾
你在唇边，为我设置了一个语言的悬崖

那是我的路途，我紧贴住你的眉梢
紧紧地，在你森林的耳畔舞蹈
被流放的命运得到了我，我的一次救赎

那一段，被剪裁的肉体和精神之舞
张望，探测，密不透风的人间
我在我的之外，得到了你的一次归途

那皱纹多美啊，波及峰峦叠嶂
我把风交给你，把最后一次的沙粒交给你
你便是我永不再留恋的尘世

河之西

我的血液，偶尔波浪翻滚，泥沙俱下
那光线的针脚，细密地
为我文身，为我亚洲的水路命名

你的烟斗里，随时潜藏的云雾
你的酒里，倾倒而出的闪电
还有熏烤的黄河鱼，睁着一只眼睛

一只属于黑夜的眼睛
在我的肌肤上，明修栈道
暗度陈仓，你为我聚散九曲魂魄

你的爱里，我是一张不肯沉没的羊皮
我的水上牧场，我的夕阳渡口
牧羊人，此刻我埋藏下头颅了

河之西，剔除了骨头，剔除了血肉
你安抚过一张羊皮的忧伤吗？
这里，是在这里，我的心跳是持久而浑浊的

我的思念是明净的，层浪蜂拥，暗礁重叠
你试图靠近真相的双手
战栗着，一粒，一粒扣上了
一个无须风雪拷问的时代

万小雪，当代青年诗人，中国作协会员，参加诗刊社第27届“青春诗会”。20世纪90年代开始诗歌、小说创作，先后在《诗刊》《飞天》《黄河文学》等80种报刊发表诗歌小说作品多篇（首）。作品多次获奖，入选各种诗歌选集。出版诗集五部：《蓝雪》《带翅膀的雨》《一个人的河流》《沙上的真理》《西域记》。现于甘肃省玉门市文联供职。

星星涌动（组诗）

青小衣

我必须在天堂之外重造一座天堂

我必须被封住困住结厚厚的冰冻住
必须打消长出羽毛的念头
远离人群和树木挤在一起
听风声，雀鸟声，和凿木的声音
可以不见凿木之人

夜里，挂一轮月亮就够了
抬头就见，从不担心一去不回
或一别就是经年
纵有阴缺，也终会拨云见月，花好月圆
离别就是小圆满

再没有人朝我瞄准
朝这温热的心窝，扎过来，刺过来，扔过来
把脏水朝这雨夹雪的脸泼过来
天堂已经失火很多年了
我必须在天堂之外重造一座天堂

春天，无非就是这样

一场雨夹雪过后，无非是车轮转得更快
一些初开的小朵儿，从昨夜红到今夜

野外的小梅花，不怕冷。看花的人

花下站一阵儿，望一阵儿，叹几声儿
也无非是都把自己想成了一朵花

春天，无非就是这样
脚下有冻土，枝头有春芽

春分日

青梅如豆，桃杏半开
一匹马，从太阳和月亮之间穿过

燕子回来了，带着滚雷和闪电
风筝高飞，最好的祈愿都在天上

春风是清醒的说春人，说得水软
山高，万物都有了对的方向

田野里，野菜顶着小花
适合熬成春汤，清洗弄脏的身体

簪花喝酒的人，踏青归来
欢宴散去。怎一个“分”字了得

我是最后离席的那个人
在我身后，草木没过弯曲的腰身

星星涌动

我的体内，星星涌动
星光耀眼夺目
它们都从下游溯源而来
跌落的瀑布
狭长的槽床
从不为蝴蝶的春心，越过黑的烽火

回避火焰之途

温煦的春风里，我的星星
不是春光
也不似春光。它们披着土地的颜色
逆风闪烁
在茂密幽暗处涌动
最大的那颗星，又硬又冷
如石似铁

哦，星星，星星们
耕土犁泥的祖辈，皆受命于天
他们来于高处，归于高处
哦，请不要轻易
仰望夜空
你看，头顶上星星涌动
多么温暖

等我体内的星星老了
夜空更亮了

我想生个女儿叫朵朵

一朵花，两朵云的朵

冬天就喊她雪朵，梅朵
夏天，喊她青莲朵
抬头看天，就喊她云朵，朵云

高兴时，喊她红朵朵，蓝朵朵
生气时，喊她黑朵朵，灰朵朵

下雨时，喊她雨朵朵；刮风时，喊她风朵朵
打雷时，喊她雷朵朵
她一边快速地捂住耳朵，一边嚷道

我不怕打雷

周末，我们一起睡懒觉
把脑袋蒙在被子里，捉迷藏，我喊她小耳朵
她一咕噜藏到枕头下

带她去海边玩
我喊一朵，她答应一声
我喊两朵，她答应两声
我喊三朵，她答应三声

海面飞起朵朵浪花
海滩上站着朵朵，和朵朵妈妈
朵朵爸爸太坏了，我们不带他玩

我坐在时光倒流的地方

我喜欢坐在一些地方，一块石头
或一堆原木上。时光会倒流，一寸一寸退回去
退到很远的昨天，更远的前天

那时候，只有黑白照片，彩色胶卷
都铺在野外。春天里，花粉落在我的鼻尖上
冬季很漫长，一地一地的雪

我的头发没有烫染过，脸上也没有擦过脂粉
衣裤上的花都是印染的，容易掉色
能洗出一大盆红一大盆蓝

父亲从部队回来，穿着绿军装
在地里帮母亲干活。他走过玉米地，高粱地时
满地的庄稼都变成了穿军装的父亲

那时，树木都长过屋顶。活着的人都住在村庄
地上的房子里，去世的人都住在村外

地下的房子里。彼此相守，看护着家园

时光再退一步。一切高度都低下来
万物都是处女身。云牵云，天空更高远，风吹风
大地更辽阔。人在天地间有走不完的路

三月很小

风里的冷很小
暖也很小。眼神看过去
树上的小卷叶儿
地上的小虫子。小鸟在巢中待哺

三月很小，不要轻易伸手
张口，步子再小一点
轻一点。身体里
小溪刚破冰，鱼籽尚在腹中

小三月，怀着大惊喜
需要很大的爱
太阳，是一壶刚烧温的水
添柴加木，静等水开

烂　漫

第一次
在一个词面前
红了脸

羞愧呀
绚丽斑斓早已是多年前的事了

如今，我演绎着它的另一面
散乱，分离，或放浪

我喜欢的春天

不是春色撩人，柔软的翅羽
掠过额头。不是风一阵比一阵暖
水一波比一波柔

睡在地里的人，不再贪恋花枝
不再怀抱谷粒回家
雨水向下，也有睡不醒的事物

满目苍翠的田野，泥土湿润芬芳
草木高过坟茔
盖住了人间最大的悲伤

九　年

在时光与河流的拐弯处
我一退再退
那个打劫了九年的贼
明目张胆地偷走了
我身体里粉红的、乌黑的、光滑的、柔美的部分
只剩下寂静的、辽阔的、喑哑的
像被掠夺一空的稻田

坠落金子的黄昏
我用仅存的几根羽毛向落日撞去
飞翔的火焰掠过河流
我必须止住渴望
止住一个人

那些落在寺庙里的雪花是幸运的

如果有人从寺庙里走出来，多好
把多年深埋的头仰起来，多好

从洁白的雪地上走过，多好

如果这些雪花，在落到寺庙之前
先落在我的头顶，多好

此刻，我所想的事情
和雪花一样，都是微不足道的
但我有足够大的野心

我用手指弹奏生活

我用手指弹奏面粉，瓷罐里的盐
纯棉的旧被褥，白衬衫
弹奏不同温度的水，在各种器皿里
激起波澜，或浪花

我还不停地弹奏鬓角的月光
和眼睛里的悲喜
肋骨里的火，火焰熄灭后的灰
弹奏一堆词语，发出不同的高低音

在夜晚，我的手指
弹奏一个人的身体，滑翔，或轻拢慢捻
勒紧，沦陷
反复在他堆满冰和石头的心里
弹奏春的序曲
然后，把春天捧住，举过头顶

我每次都放弃这样的念头

在夜里，多次抬头
仰望墙上的时钟
看它重复着步子，居高临下地乜斜着我
我就想跳起来

抓住它的手脚
像和一个人打架那样
死死地抓住它
控制住它

可我每次都放弃这样的念头
咬住嘴唇，眉头皱得更紧

窗外，车轮整夜飞奔
芦花都白了头，河水在冰层下流
流呀流
流到远方的眼睛里，更远方的怀里
流到我的耳朵里
流到天亮
还没有停下来

青小衣，本名张萌，邯郸人，“70后”，中学语文教师，河北文学院签约作家。作品散见于《诗刊》《钟山》《星星》《诗林》《青年文学》《青年作家》《诗选刊》《诗潮》《中国诗歌》《诗歌月刊》《南方文学》《山东文学》《草原》《扬子江诗刊》等刊物，曾被收入多种选本，获得《诗选刊》年度诗人奖、雁翼诗歌奖首奖金雁奖、《西北军事文学》优秀作品奖等，已出版诗集《像雪一样活着》。

隐 喻（组诗）

黄芳

夜

1
你终究会明白
为何她总是在黑暗的 8 楼天台边沿
练习平衡术
摇晃、惊惧，又暗暗地
迷恋

2
那只黑猫
有一双棕色眼睛
凌晨两点，它准时出现
像一阵风
掠到她摇晃的影子面前
在天台边沿优雅行走

3
也许一阵风
就可以让她从天台边掉落下去
黑暗中，也许有一双手
正耐心地等着她

4
深夜的 8 楼鲜有人迹
那天凌晨，门环三次被叩响
她正犹豫着要不要过去

黑猫像一阵风
掠过来，用棕色眼睛
——那黑暗中唯一的光
盯着她，阻止她

5
由此你终究会明白
一支身穿白袍的送葬队伍
为何总在她梦里反复
为何总有突然出现的悬崖
让他们摇晃、惊疑
没有退路

在另一个年代

——致艾迪特·索德格朗

透过你又大又灰的眼睛
我看见满载军队和难民的火车
穿过另一个年代的铁轨
你在乡间别墅里咳嗽
老式罩衫晃动时，你的孤单
被嘲笑
你写诗，抛弃格律和韵脚
它们像不守妇道的女人
被嘲笑
在另一个年代
我和你一起失眠，困顿
带着结核病
寻找国籍和自由
最后，时光停在
摇摇欲坠的乡间别墅
死神和不曾存在的上帝握手言和
黑暗中
你眼睛又大又灰，一直
在微笑

落下来

是想象还是幻觉
她看到自己在夜色中奔跑
公车站牌下
两三个人影在晃动
偶尔有风吹来，木叶
婆娑，婆娑
越过她身边的脚步
有的快有的慢，有的
试图保持某种恰当的节奏
有那么一瞬间
悲伤袭来，近于汹涌
汹涌得来不及言说
便沉入夜色
她指着枝桠间悬挂的路灯说：
你好，凝固的泪
公车站牌下已经没有人影
风一阵接一阵
木叶婆娑，婆娑
落下来

霜　降

每周礼拜一
她从医院出来便径直走进乌里公园
乌里公园人迹稀少
悬铃木下那张长椅
似乎一直等着她，等着她
从上午坐到黄昏
偶尔，会遇见一个遛狗的中年妇女
斜对面另一张长椅上
有时会坐着一个戴着宽檐礼帽的老人
3 年了
她在这里就着四季冷暖

服下阿米替林、郁洛复、瑞美隆……
那天，太阳西沉时
寒气迅速聚集
她不由地打了个冷战：草木黄落
露结为霜
——作为一名抑郁症患者
她对二十四节气甚至比对药物更敏感
斜对面的老人披起外套
正了正宽檐礼帽：
“姑娘，回吧，天凉了。”

磨玻璃

整整一个下午
父亲都在磨玻璃
磨去凹的凸的破损的
沙沙沙，沙沙沙
然后“哧”一声
那么多玻璃
明亮、锋利。那突兀的“哧”
尤其让她心生恐惧

大部分时间她远远绕开
父亲休息时
她把烟、茶、草莓以及
葡萄端过去
草莓父亲喜欢，葡萄她喜欢

黄昏时
父亲停止工作
玻璃整齐地叠在架子上
寒光四散，明暗不一
父亲问晚餐是蘑菇还是木耳
她说厨房里只有土豆

父亲顶着寒光走来走去
抽掉第三根烟，摁灭最后一点火星
父亲终于坐下来——
你觉得人生像草莓还是葡萄？
——人生像磨玻璃

实际上，这是昨晚的一个梦
位于顶楼的新家
俯瞰似乎是一种隐喻
从女儿高低床上铺
她看到万家灯火
在风中摇晃
——她的梦，在白色药片中摇晃

这个午后

这个午后
我第一次爱上巴赫
他不像你说的无与伦比
但我爱他

多年后我还会记得
某个喧嚣的午后
情绪低落，云雀寂静
唯巴赫的手指
在关心灵魂

隐　喻

8 楼是一个天台
凌晨时分，一只神秘黑猫
从楼栏跃下
惊醒了一场漫长的梦

她在漫长的梦里遇见
自己的余生：一场雨中的葬礼
一些似是而非的悼词

悲　伤

那个黄昏她记得清楚
漓江大桥上
暮色越来越深
她走得越来越慢
一个男子停在路中
对于往前还是后退
似乎有些犹疑
他两次掏出手机又放回
是否要打一个电话
似乎也有些犹疑
走过他身边时，随风带起的那阵气息
让她想起某个午后
那时大雨刚停，一个身影
刚刚离开
——那时，悲伤刚刚开始
她回过头，想对他说
你的马丁靴很好看
这时街灯依次亮起
她看到他仓促垂下的脸
有泪水就要掉落

抵　达

她喜欢靠着栏杆，看远处
那片芦苇

芦苇一点点变白
她知道，它们成片倒伏时

秋天就快过完了

秋天快过完时
风越来越像一个急躁的人
根本安静不下来

她靠着栏杆，等风安静下来
等芦苇成片倒伏

黄芳，生于广西贵港，毕业于广西师范大学中文系。中国作协会员。出版诗集《风一直在吹》《仿佛疼痛》《听她说》。参加诗刊社第26届“青春诗会”。现居桂林。

虚拟的雪（组诗）

舒丹丹

野　鹿

鸟羽有风，松林上有薄雾
夕阳的金手指正抚摩群山的脊背

一棵白蜡树的牵引让山崖躬下身子
俯看脚下两只悠闲的野鹿

我们停车，在松针的阴影里呼吸、倾听
沉陷于周遭渐渐聚拢的黑暗

湖水微漾，神似一种天真
无边的静穆，近于本我

在山野，生命各领其欢，纯粹而自由
如心灵盛开，如鹿垂下眼睑

虚拟的雪

大雪等不及，化了，在我回到家乡两天前。
如果早两天动身，或大雪
再多坚持一会儿……这一生，
我们后悔或错过的事情还少吗？
唯有想到“天意”无处不在，
一切的无可奈何，才得以抚平……
今早，在一片鸟声中，我干干净净地怀想

多年前的一场大雪——
恍然发觉，其实它从未化去，它一直就覆在
灵魂深处。因为冷，它经年不化，
因为纯洁，它没有沾上一丁点污垢，
也许这就是为什么，一场虚拟的雪比俗世的雪
更经得起时间的摧残。而此刻，我想起它时
心里涌起的柔软和感激，像雪花堆积，格外真实。
这让我觉得安慰，多年来
坚冰一样的磨砺，终于使我，略有进步。

孤独的约书亚树

荒漠和天空之间
这些树在奔跑
这些有着圣徒名字的约书亚树
它们虬曲的枝条，像一种挣扎
挣扎中向上祈祷
每十年一英寸，它们的生长如此缓慢
慢到让你确信，它们并不急于获得高度
所有进入过枝干的阳光，水分，和沙砾
最终都会渗入根须
在暴烈和严寒的时刻，成就生命的真相
它们守着脚下的砂石，一棵树
遥望另一棵，一棵树，望不见另一棵
把自己活成一块活化石吧——
在这速朽的世上，孤独是应该学会承受的
真理。看，它们挥舞的手臂仿佛在布道
“抵抗死亡的唯一保护
是爱上孤独。”

过　年

父母在，家就在，“箍桶箧”就在。
年饭桌上，儿时的味道还在。

厨房里忙碌中闲散的嗑谈，
或父女间依然默契的笔墨游戏，
仿佛都可以让人相信
慈爱永在，
兄弟姊妹永远两小无猜。
提醒自己，保持热力，和一种适度的兴致，
是可以做到的。
温暖的日子，不谈沉重的话题，
是可以做到的。
然而当黄昏来临，你深陷于一种
无法言说的寂静当中，
突然发现，那渐渐暗下来的冬日天空，
像极了自己不知何时
已意兴阑珊的心情，
和时间那张无情而淡漠的脸。

在马六甲海峡

时间仿佛已化成一片海域，
一片泥泞的滩涂——
纵使天涯海角也难逃沧海变桑田。
在海峡大桥上停车，
在咸涩的马六甲海风中片刻小立，
像对历史作一次心灵的凭吊。
古炮台上生锈的炮口仍一致对外，
街市里唐人的肉骨茶、南洋的咖啡、印度的咖喱
已汇成一股奇特的香味。
五十步内有三宝庙、清真寺和基督教堂鼎立，
每个人都在用自己的语言与他的唯一真神对话。
头顶的太阳热力十足，
径直送来一个冬天里的夏天。
借浓密的可可树的叶荫稍做歇息，
看游艇剪破水面，卷起古老的浪花，
惊醒一只沉眠的水蜥蜴。

“你的前世是一只孤傲的羚羊”

对于风吹草动，和潜在的危险
你有本能的机敏
你迅疾如闪电的速度，甚至可以媲美
一只追逐的猎豹
你躬身一跃，就能逃离现场
你的冷静，总能让你
全身而退
作为一只羚羊，你怯懦而刚强
你的孤傲像荒原上的针茅草一样尖锐
你有致命的弱点
为何总在奔逃的中途停下，回过头
深深凝望？
这深深一瞥，泄露了
你全部的破绽和对世界的纯真

病中记

隐隐的痛，来自眼眶、胸口、太阳穴，
如沉沙泛起，如此刻的夜雨
对一座沦陷之城的围剿。
喉咙里，充斥着咳弹不出的无名之痒。
关节枯朽如老树根，有多少只蚂蚁
在啃噬？终于病倒了——
这虚寒之躯，如何能敌这蛮横五月
酷暑风暴的轮番交替？
她熬一碗汤药，热热地喝下，
躺在黑暗里，虚弱如童年的病中
期盼父亲的手抚上额头。
中年的眼睛，重新涨满最初的泪水。
风猛烈地撞击着高楼，她听着
铁栏杆上雨水暴烈的合奏。
黑夜里，自怜与省思格外清晰，
像风雨声中的寂静，兀自放大了一倍。

她想起曾告诫自己，再不能
让那些虚无的忧思伤害自己了。
眼目清洁的羔羊，不要再长久地回望
黑暗的深渊。结过葡萄的枝子
又结出桃子李子，也随它去吧——
“露水的世啊”，一生，恍如露水。
生之罪前，我们的无能为力
一如病痛。而疾病何尝不是一种神启：
警醒，或另一种拯救，
充满恐惧，又隐隐透出指引……
窗外，雨更大了，
一声迅雷忽又滚过，把一座淹城
瞬间暴露在它的电光火石之下。
她转过身，蜷缩得更紧，
以一个小而深的拥抱迎向梦境，
等待五月这最后一场风暴，慢慢过去。

折断的莲蓬

夏天的莲蓬，冬天就老了
那就安于细颈瓶中
枯萎的宿命
也有身杆儿细弱，头颅又格外沉重的
咔嚓一声，折了
那恋旧惜物的人，小心地
用透明胶缠上，又在节骨眼
刷上荷枝的颜色——
看起来，和从前没有什么不同
“瞒不过洪湖人”
“瞒不过洞庭人”
见过它夏天的人，都这样说
见过它冬天的人，也这样说
莲蓬低垂着头，它知道
也瞒不过，它自己

洗　脸

温烫的水，让僵硬了一夜的毛巾浸软
打上柑橘花气味的香皂
然后闭上眼
把脸埋在毛巾里
被一种温热而清冽的气息包围
就会看见，云朵开放
阳光被鸟鸣点燃
一座山蓬勃的呼吸升起
就会看见
我在一棵开着黄花的树下静坐
不知今夕何夕

童　话

壁炉里火燃烧着
枯木在炉膛噼啪作响
炉旁打盹儿的女孩，在温暖的空气里
悄悄醒来，被一阵飘渺的乐音
从小睡中拉起——
像有一种魔力，她穿上
她的水晶鞋，头发上佩着星星
在这冬日的林间小屋里，她独自
跳着她的小步舞
不，她是与她的影子共舞
与她的梦，共舞
闭着眼，旋转着，如此忧伤
又如此美妙
这天籁之音只为她一个人奏响

——这是个不忍结尾的童话
炉火不忍熄灭，音乐也不忍歇止
那独自跳舞的灰姑娘，永远
停留在自己的舞步里

她不必从长梦中醒来，也不必
预备一颗足够坚硬的心
以便它—— 在那必将到来的
曲终梦散的悲伤里
经得起破碎……

过　冬

冷雨下了一冬
夜晚听它打在雨棚上
早上醒来它仍打在雨棚上
我把自己裹在羽绒服里
打开电油汀让屋子里空气升温
我本能地握住一杯热气腾腾的茶
而不会怀揣一块冰
我编织有温度的梦取暖
给多年前的自己写一封信
我日渐苍凉的心指挥我
日渐衰老的身子骨
守住，并积攒
越来越少的微温

空　城

借着东风，无处不飞的杨絮
让一座喧嚣之城更加拥挤

出租车司机告诉我，一整个春天
都必须忍受它们的瘙痒

而我需要忍受的更多：茫然，疲倦
陌生的城市带给你的无家可归感

午夜街头越走越诡异的路

玻璃窗后签证官写满戒备的脸……

雾霭重重、杨絮乱飞的春天

如果还有什么我不能背负
也可以就此卸下

只需一转念，任那座空城在我身后
被那些杨花、柳絮全面接管

舒丹丹，20世纪70年代生于湖南常德。现居广州。写诗，译诗。诗作见于多家刊物，入选多种诗歌选本，有诗辑《舒丹丹诗歌快递》。著有译诗集《别处的意义——欧美当代诗人十二家》《我们所有人——雷蒙德·卡佛诗全集》《高窗——菲利普·拉金诗集》。曾获2013年度“澄迈·诗探索奖”翻译奖、第四届后天翻译奖、第二届淬剑诗歌奖、第二届金迪诗歌奖“十佳诗人奖”。

浮 生（组诗）

幽燕

突 围

对于里三层外三层的包围
你能想到的突围方式有几种？
像电影里
打枪，炸碉堡，剪断高压线？
要不就走暗道，抄小路，迂回逃离？
最壮烈：自行了断，一了百了？
我知道，生活中，多数人顺着风的指向
局麻、全麻，接受了劝降。

今年正月初五，我见识了另一种
我家楼上的女孩儿
中考刚考进重点中学的精英班
女儿眼里的“学霸姐姐”
用她歇斯底里疯掉的方式
突出了重围

催眠疗法

闭上眼睛，暗下来的世界才有真相
沿着光的飞奔，记忆在开口说话。
泥浆翻出，暗伤触目惊心。
亲人赐予的玻璃弹珠成眼泪的形状
不滴不落，不散不失。

世相荒诞而又环环相扣
锁紧的一环正是挥之不去的梦魇。
我不能确定，这是我的还是你的
是从哪里开始，又从哪里结束。

缝合，抹平，又有什么被轻轻放下
你我皆是病人，却从不自知
疗伤并继续活着
多么艰难又是多么必须。

睁开眼睛
是谁在无声呐喊：我怕，
怕这个世界的遗弃，同时又被你拯救

你看你看你我悄悄被篡改的脸

它不出现，但它的手出现
带着流水、刻刀和石头
翻动，晾晒，打磨，一刀一刀
刀刀入肉刀刀不见血
它勤勉，日夜不停，坏天气好天气都出工
从不复制，各人刀法不同，纹路的走向
暗合每人的悲喜和伤痛
它看似专注，但又漫不经心
看看这些人到中年人到老年的脸就知道
这一张：破损的旧书封面
那一张：风化的石头，雨水流淌的地皮
我这一张：油漆剥落的门楣，走样的理想

一个人的旅程

真快啊
那些叫不上名字的小站
“嗖”地就被列车急促的内心省略掉

连同那些细碎的斑驳
和永不再降临的眼神
车窗外，饱含雾气的华北大平原
正布展单调的冬日画卷
车窗内，我有一小时二十分的孤单
此时，我静默的身体缓缓开出一列慢车
回旋着爱人的密纹唱片
小女儿蓬起的短头发
遥远草原上我久久惦念的风声
他们是我快时代的镇静剂
是我日日反复吟诵的箴言
我在他们各自的站台停靠
又在他们的叮咛里
一次次出走

这一天，每一天

这一天和另一天并没有什么不同。
我不能变得更好，
你也没有走得更远，
我们得以坐在这里，不计较得失。

落叶打着响指从高处下来，
不是被风催促，而是自己的深思熟虑。
所谓生活的智慧其实叫逃避，
但这又有什么不好呢？
遵从单一的指引，放下貌似强大的话题，
重新发现麻雀的灰羽毛和一个久远的名字。

还有什么急着奔赴呢？
新人在继续我们的年少轻狂，
白发人蹒跚在我们必经的路上。
至于你我之间的距离，
你不说我也就不说吧。
就像我将要写下的诗行，

这一天，每一天，
其实都有所不同。

药物依赖症

谁是解药？
谁是我活色生香的生机？
我听见身体渐次打开，有噼啪的脆响，
开合间，穿越肺腑，
成瘾的冲服带来想象的安慰。

难有满意的疗效，
病已是生活的真相。
我的心跳依然飘忽不定，
胃反酸，对食物及虚言消化不良，
依然晚睡早醒，睁着空洞的眼睛。

多年的对峙，
吞下的药是被劝降的那部分，屡屡受挫。
我并不忍说破这无处可逃的谶语，
也不去探听它们语焉不详的下落。

小　径

雨水的节奏仿若跫音
仿若散失在天地间的喘息
隔着玻璃依然清晰
对于一场雨，
一只鸟既是旁观者又是深陷者
总能在打湿的翅膀下看出端倪
又在雾气中读出镜子里虚幻的慌张
这样的日子，久久不散的疑虑
会跟随我在一条小径缓行
日月晨昏

有什么陷入黑暗
又有什么失而复得
一条小径的孤独在于——
不能假装闭上眼睛
尽头总是就在眼前

往　事

大部分像桌上的灰尘
被抹布轻轻擦去
一些则仿佛涟漪，微光，浅处的痕迹
等不及清晰，
就又迅速滑向暗处
关于记忆，我从不怀疑自己的失败
就像远处田地里的庄稼
只保有新一季的收成
只有不多的往事
像抱在怀里的玉米
暂时幸运地留下来
呈水滴状排列着
不时漏过时间的指缝
滴答着，一边流逝，一边提醒我
以前，那时，我哭过还是笑过

在布拉格偶遇卡夫卡

我看到他潮湿苍白的脸
在布拉格的街角浮现
伏尔塔瓦河，
一支悠长的老式黑管
泛出细碎惊疑的涟漪

他一闪而过，用他惯用的招数
变形，隐匿，构筑地洞和城堡

腐烂的肺在呼吸，文字的灰烬在飞舞
世界听到他扭曲的哭声

我来自中国，想象他对我微笑
“我是该生活在那里的
像老庄那样。”——哦
孤单试图寻找伴侣
苦咖啡期待易碎的瓷器

后现代的机器，继续脊椎悲伤的尖叫
至于可名状的蜜糖和不可名状的暖
他穷尽一生都不曾找到的
今天仍然昂贵，属奢侈品

林子里的鸟鸣

我走在林子里
捡拾着各种鸟鸣
麻雀、鸽子抑或别的什么鸟
它们有时婉转，有时单一
独唱抑或合鸣

我看不见它们
它们在叶子下面或树的更深处
它们自由的曲调
使林子的静寂流动起来

这最初始的乐音，
在我们的语言之前，久远地存在
我确信，是鸟儿的引导
教会了我们歌唱

它们将美用声音珍藏
仔细聆听，在我和你告别后
一只鸟和另一只正在相逢

给院子里的植物剪枝

这些海棠，石榴，蔷薇，无花果
竟有如此多的表达欲，
碎碎念，大梦想，小抱负
沿着雨水和阳光的指尖
它们就要铺满整个院子

拥挤，缠绕，扭曲，
把简单变复杂，把复杂变得更复杂
仿佛它们都有打不垮的九条命
每条命都挥舞着技高一筹的枝条
在占领，占领

必须用快刀，必须硬心肠
在秋风收走它们之前
我必须不停地剪，剪，剪
以确保必要的留白和干净的表达

幽燕，本名王伟，媒体人。中国诗歌学会会员，河北作协会员。有诗作在《诗刊》《星星》《诗选刊》《诗探索》《诗林》等报刊发表，诗作入选各种诗歌选本。就职河北电视台。

是枷锁，又是自由本身（组诗）

微紫

是枷锁，又是自由本身

我愿意相信命运，神灵
相信阿弥陀佛，上帝的裁判
相信白天与黑夜
既是分明的，又是互相融合，且无穷尽的
河流不舍昼夜
对岸的灯火，泅渡可以到达
执子之手的温度
不会终结于今世

而我又愿意忘却这一切
包括忘却因无羁而无意冒犯的神灵，犯禁的罪过
如同突破与叛逆——
鸟在肉身与影子之间的穿梭
焰在火之上的舞蹈与刑笞
督行的同时去飞越与打破天空的界限
我愿这一生
是自由的枷锁，又是自由本身

我想虚度光阴

我想虚度光阴
像一棵树，把自己交给秋天时是空的
我想是没有用的
和秋天郊野的那些荒草一样

是寂静着，没有用的
我丝毫不觉羞愧
不以没用、虚度而对这个世界存羞
我只是逃出了一种枷锁
对这个世界
不用力，也不曾伤害
只作为一种静静的光辉
在天地间片刻存伫

磨　盘

磨盘是古老的事物
而生活并不古老
在两片圆碾石之间，我是
被挤压的豆、麦、玉米
以及各类老粗粮
我知道碾是没错的
它圆满方正，无可挑剔
堪比社会与组织
挤压是没错的，嘶喊也没错
错的是豆子的肉体
它可供压榨的汁水内的欲望
啊，古老的磨盘，肉体的生活！

视　力

雷达，昆虫的复眼
我并不需要
我的视力，刚好够把星空看得很美
刚好看到玫瑰，花瓣喷涌
树叶呈现色彩的大门
地平线阻断了星宇坠落的悬崖
在这里，我获得的，都是视力所达的名称与概念
我视力所达，刚好是世界最美的状态

在这里，我拥有
一个白昼与一个黑夜
品尝一次生，体验一次死
中间翻涌着爱欲与悲伤的波浪

自然力

他告诉我：要是一群公金鱼在一起
就会有至少一只主动变成母的
要是一群金鱼都是母的
就会有一只主动变成公的
还有灰灰菜，这么一小棵
能产生 150 万颗种子
这样，从理论上说
如果在这一片荒地上有一棵灰灰菜
明年就会有一个灰灰菜的王国

在某种情境下，那条金鱼与灰灰菜一样
承担了全部世界
它被选中，保证世界的完整
但这并非它主动的意识
这样看来，必须说，有一种超越的力量
命令金鱼和灰灰菜变化与繁殖
金鱼和灰灰菜，受制于这个高于自己的意志
这是一个奇妙的启动和反应
也像男人和女人，在原初之时
靠潜藏的自然力结合在一起
直到今天，不管世俗与文化如何制约，绑架，掩饰
仍然呼啸着走向一起

时间的风仍是辽阔的

小小的甲虫，连同它壳上的七个点，是完美的
天空的布面，和连缀其上的星星，也已是恒久的

神造我，却要不停地变化与旅行
我的身体和内心在走着两条并行而不同的路
身体从幼小长大，又慢慢变老
而内心的轨迹，经过了多少山峦、平谷和波涛
穿越与到达的路程这样漫长而曲折
以至我无事可做，停下来时
以为坐在了平静持杯的死亡面前
时间的风仍是辽阔的
上帝的手中持有一枚种子
在阴雨潮湿的天气就会发霉
我长长的一生所履行与实践的
也许正是他创造与修正的旨意

因为这儿靠近温暖

你用以爱我的部分，是火
我以沉迷接受它
它不能接受评判
它没有高贵华丽的堪配在雪地上走过的大衣

当一个黎明在黑暗里渐渐升起
像一盏灯，宇宙的至美与至贵
人们在这束光照里沉沦，自陷
每天，无数的生命诞生
将无数的春天与花朵再经历一次

不要一劳永逸地说出：理解我
我承认只有更大的天空才能笼罩我
我在草篮似的生活之筐边哀愁
我一直孤寂地远望着烟雾绰约的人群和村庄

我躲避恐惧，又渴望历险
没有任何一个时刻的话语可以标记我与结论我
我孤寂得像风，然而我停留在这里
因为这儿靠近温暖

水园林一角

在水园林一角
人用铁丝与竹子的天网将它们拘于一起：
鸳鸯、水鸭、黑天鹅、白天鹅、鹤，还有一些我叫不出名字
池塘、人造喷泉、小溪，鸣响不息，模拟山水的自由与快乐
忽然看到它，黑长的身子趴在一段竹棍上，爪子陷在铁丝隙里
它小若松鼠，细黑毛的腿爪将体温强烈地透射来
它是异形的，原谅我天性恐惧动物——
它们的神态总像异形的人囚禁于动物的形体内
它的眼神灰暗、倦怠、绝望，不准备作任何企图
我不敢与它对视，只快速逃离
天空的太阳将长久地炙烤下去
我不知道，
它还将在这异形身体的牢狱里囚禁多久
它也不知道

我不确认

我不确认，我们是否熟悉
是否会交谈，但我确认我们
都有孤寂竖立的血管和神经
像树挨着自己的影子

你们死了，获得了堂皇的名字：
索德格朗，塞克斯顿，普拉斯……其中有的极尽美艳
我确认我抚摸过你们
手指的温度，胸腔里的痛苦，眼神直达底部的阴影——
那是世界的残缺

那是，某一个时间
我走近你们，拜访
像一切女人与女人之间交流的方式
倾慕又嫉妒，防范而相爱
—— 友谊如果没有距离，就容易倾塌

不涉痛苦，不谈
所秉承的共同的疾病
只谈谈春天，谈墓地红草莓的味道
那美妙的电流对死亡的再次灼伤

到达云朵

我们迟早要化为云朵
到空中，或月亮上去歌唱
在那儿，我将有一片自己的雨云
种植森林或蘑菇
我手到擒来地获得了自由

我要穿着透明、奇异的袍子，升上云朵
我是早晨阳光的密线
一些到密林里拣拾落叶与蝴蝶的人
将和我相遇

我爱上幽秘的时刻，一个人的泉水
人们对我的爱可以是不彻底的，误读的
我最大的渴望是到达自己
我获得自己深深幸福的时刻
也必将成为世界幸福的一部分

经卷里传来渺茫的消息

突然变冷的天气就像突然被病痛挟持的肉体
从内到外，从神经到心理
从白天到达黑夜，到达一个人对存在
对活与死的态度
一根针探知一切
一棵感知的小草，瞬间嘲笑了
理论的沙石构筑的大山

人们谈论，困囿于此岸，而彼岸
只从经卷里传来渺茫的消息
睡眠是一场巨大的拯救
一个黎明再次被放入
落荒者的手中

微紫，生于1973年，中国作家协会会员。作品发表于《诗刊》《星星》《诗选刊》《中国诗歌》《文艺报》等，入选《中国最佳诗歌》《中国诗歌精选》《中国年度诗歌》《当代新现实主义诗选》《山东作家年选》等各类选本，入围诗探索“2013华文青年诗人奖”，获“中国首届网络文学大赛”诗歌奖。

我们去看桃花吧（组诗）

离离

元宵节

我们没有去放烟花
而是去楼下走走

在院子里，我看见天空中慢慢升起的许愿灯
就赶紧捂着胸口

你一定不知道
那时我对你说了什么

我们都不知道
那些灯，对天空说了什么

就到这里吧

写完一封信
总习惯写上
就写到这里吧，有时候和一个不熟的人说话
肯定不会多，三五句就想结束
就想说，就到这里吧
有时候害怕亲人们走着走着
就会轻声说
就到这里吧，我们再也不能
陪你了。就好像
我们用给别人的话

突然转身
都成了针芒
对着自己

风吹我

风吹我
风继续吹
我。风无数次，吹在我的脸上
像我的孩子
在我想他时伸出了他的手

风变着方向吹
吹左边的我，吹右边的我
在黑暗的街上
它陆陆续续吹干了
我的眼泪

于事无补

整整一个秋天
我都是懒散的，因为树叶在表达
我要表达的
风吹来，风吹来了渐凉的气息
叶子就会不停地颤抖
我在一所医院
突然想到这么一句：
医院是棵秋天的大树
树上的叶子或绿或黄
也有提前干枯的
当时，我和病人甲乙丙丁等挤在楼道里
我们都好像长在同一个枝条上
我们手里拿着不同的号
我们当中

每天都有不幸离开的人
是枯了的叶子
被风吹下去了吧

天空越蓝，我就越想亲人

出门时
不用回头，我知道那些蓝
都在我的身后

它们突然在我眼前出现时
我正躺在外地的草场上
那些曾经感动过我
还想再一次
将我俘虏的蓝，这些魔一样的蓝
沉默不语的蓝
不关心人类的蓝
仿佛只和我纠缠的蓝

离开故乡多日
看见它们就让我思念亲人的蓝

鱼

它们看见的
一定是自己想不到的结局

只是其中的一只
真的打动我了。她不停地挣扎，不停地

大口呼吸，我把瓶子里剩下的水
都倒在她身上

我也不知道为什么

会对自己网中的鱼
突然流眼泪

我们去看桃花吧

我们去看桃花吧
只看一朵
就知道春天已经比南方
来得迟了
只看一朵
就知道树还没有长绿的山坡上
我们眼里只有
忘记悲伤的一朵

碎了的一只杯子

那晚我在地板上捡了很多
碎玻璃。我捡起了过世的父亲
和孤独苍老的母亲
那晚夜深人静的时候，我捡起了
自己一张挂满泪水的脸
也捡到孩子正做的一个梦
他喃喃的声音

我捡到的羽毛
鸟儿是一年前死的
我捡到的地名，是老家的
一个原来叫芦漪滩的村子，据说是因为很多芦苇
可我捡到的芦苇，却已枯了很多年

我捡到的雨
被风带到西北就停了
我捡到被我过得不成样的生活
割破了我的手

那晚湿漉漉的我在地板上
一双惊惶无措的眼睛
一直无处安放

从兰州向西

从兰州向西的那些山上
几乎没有草和树
也就没有羊群
车窗外突然有羊群
是件多么让人惊喜的事情
即使有一只也好
我们看它时，它不一定知道
山也不一定知道

它们也不知道
从兰州向西，最终能到哪里
宁夏、青海或新疆
还是一群羊在吃草的春天

月亮和光

我们很少看月亮
路被街灯照亮，就忽略了月亮
床单换了新的，就忽略了月光
我们很少谈到月亮
只有在听说月食之前
多看了天空几次

天一直阴着
月亮根本没有出现
只有声音很响的摩托车
从我们身边经过，你说
只有声音没有月亮是悲伤的

我喜欢薄一点的书

我喜欢薄一点的书
喜欢那种看似说得不多
其实有很多故事的作者
我喜欢总带一本书在身边
喜欢阳光薄一点
只照到前面几页
或最后几页
我喜欢有点悬念的中间部分

那天在陌生的河边读书
书名和流水都可以省略
我在结尾处想起
自己不完整的一生
那是艰难的一个过程
那个下午的阳光
确实很少

渔　网

第一次见到的渔网
是被一个渔民背着
走向大海的
我跟在他的身后，风吹来很浓的
鱼腥味
不难想象，他每天也都是这么
把渔网背着回家的
鱼儿逃不出网
他的一天才是完整的

我真愿意那么跟着他
除了眼泪，我对水充满敬畏
我甚至愿意
鱼一样深情地望着他

那时候我正处于情感的低谷
我迷恋一双男人的手
在我绝望的时候宝贝一样捧着我

让我把爱延续到天空

感觉飞机是犹豫了很久
才果断飞起来的

它离开自己的大地
就像我和你告别
那些憾事和情事
突然之间都轻了

我的左边是空位子
我轻轻地拍了拍
系空了的安全带
除了你，我能对辽阔的天空
承诺什么呢

离离，女，20世纪70年代末出生于甘肃通渭。中国作家协会会员，参加诗刊社第29届“青春诗会”，两次入选“甘肃诗歌八骏”及甘肃省委宣传部“四个一批”人才。获《诗刊》2013年度青年诗歌奖、2014年度华文青年诗人奖、第五届中国红高粱诗歌奖、甘肃省敦煌文艺奖、黄河文学奖等。出版诗集三部。

疼（组诗）

王妃

墓　园

在我开心或不开心的时候
我都会想起墓园
——父亲的墓园

当我仰视墓园
那些高过我的，墓碑上
有光，显得庄严肃穆

当我站在高处俯瞰
那些低于我的墓碑，就是
沉默的石头，朴素寻常

当那些墓碑——
排着队，密密麻麻
立在我面前

我的心就满了

我的墓园

——写在儿子十八岁生日

如果我消失了
希望能远离人群
在一个有山有水的地方

建一个小小墓园

我的骨灰就洒在山水之间
墓地里安葬着我的诗集
碑上可以随便写点什么

——比如：
这个人曾经真诚地爱过，
请宽恕她犯下的错。
也可以什么都不写

立一块沉默的石头。
我是说，如果我消失了
一切存在都毫无意义
我的小小墓园，
是留给孩子的唯一遗产

当他想哭时，可以找到这个地方

清　明

这是春天最美的一个节气
天气清朗，和风拂面
通往墓地的路上车水马龙
人们手持鲜花，很像出席典礼

新坟有人哭，老坟有人笑
人声鼎沸的墓地，恍如集市
春风带走了一些欢乐和悲伤
但很快，又有新的悲欢填补进来

说话的人，各怀心事
只有沉默者守着一个愿望：
和亲人静静待在一起

春　雨

云朵推开了风，急着赶路
新年很快就要旧了
春天的第一封情书还在路上
走着走着
就变成最后一封情书

抵达，或阅读都不再重要
心庭里压抑已久的雷鸣
一声炸响
泪滴明晃晃的，悬垂着
随时要飘落下来

风和云还在撕扯
草木却不管不顾
谁的地盘都争不过那些
坐着、躺着、站着的
芸芸众生——

他们不识字，但脸上有朝霞
胸中有落日
春风来不来，都活得四体透亮

晨　练

她在阳台上瑜伽
双手一次次抓向虚空

楼下的结香早已松开了拳头
香气在盛开和凋落里
连绵起伏

灰喜鹊成群结队
它们爪子收束，张开双翼

在结香上空穿来穿去

每一次，那认真地飞行——
风，卷起了波澜
香气在升腾

她在灰喜鹊面前专注地
练习。抓，握……
她的十指灵巧，未染花香

疼

是上帝给的，还是你给的？

开始，只有母亲知道
她用你干净的哭声
清洗伤口

记不得第一次摔跤
记不得第一个疤痕的由来
记不得了，无数次以泪洗面
之后世界的样子

那里有反复再现的情景
——像条鱼
被活捉，被剖，被掏空
翻滚，死去活来的
被炙烤，被咬，被吞噬

深刻的，亦是疲倦的
刀子也无法从心尖上削除的
第一次。想起时
春风正吹过来，你走在江边

最后一遍了吧？

你再次默念
这犹疑不定的誓言
在你的脚边
青草萌芽，野花盛开
婆婆纳是星星，鼠曲草像雪

左撇子

左侧，当肩带第一次滑脱
我抬了抬左臂，并压了压右肩

第二次、第三次……
不同颜色的肩带从左侧滑落
我知道：已然失去了
我身体应有的平衡

一个左撇子拥有的
智慧和悲哀是等量的
当父母拿着筷子敲打我
灵巧的左手，迅速转换为
规矩的左手——
顺应的良民

笨拙的右手，越来越熟练
我的生活，美好而平静

我的右脑，是否还藏着异端？
它唆使左侧倾斜，肩带滑落
制造一次又一次小小的意外

香樟树

走在我前面的男人
请你慢些好吗，嗅一嗅樟树的花香

这淡淡的木质的清气
可以安神，修补身体里的虫洞

如果你停下脚步，在树下多站一会儿
就像父亲等我回家的样子
我想我会喜欢上你
乖乖地，跟在你身后

真的。如果你愿意停下来等我
并好好闻一闻这些花香
亲爱的人，我敢认定你
就是我苦苦寻找的那一个——
我哭着喊你爸爸，你笑着回头
叫我：
宝贝。四子。小丫头。

阳光斜穿过香樟树的叶子
就这样暖暖的
你一直望着我

叫　壶

她灌满它。把第一枚火焰给它。
她静静地坐着，把等待给它

——那温润的水，将如何滋润她焦渴的嘴唇
让冰凉的身体暖起来

窗外啾啾鸟鸣，环绕
室内良人的呓语
她心无旁骛
等待——
那集聚而来的热气
那热气掀起的沸腾
那沸腾持续冲击

而挤压出的

——尖锐的鸣音！
她愕然：另一个自己是如何惊醒
从肉体里挣脱，义无反顾地
扑上去……

多么漫长啊！这沉入的黑夜……
当她纠缠于残梦，放弃渴念
它即放弃沸腾和尖叫
不给它水和火焰
它空着。哑默。
直到布满油污的身体
再次被她擦亮

王妃，20世纪70年代生，安徽桐城人，现居黄山，高校任职。在《人民文学》《诗刊》等发表作品。著诗集《风吹香》。

低头细语（组诗）

湘莲子

越南归来

我发现
很多照片上
我都低着头
我低头
在中越友谊大桥上
找国境线
我低头
在越南一号公路边
剥海鸭蛋
我低头
想曾娶我为妻的那个人
有多少战友留在越南
我低头
在茶古大教堂边的小店里
挑一串佛珠

景　点

他们都进了庙
我在庙外
看蚂蚁上树

一个孩子
用一根点燃的香

火烧蚂蚁

死蚂蚁
抬着活蚂蚁
向上爬

图书馆

翻书
发现一只蟑螂
死在一本文学史
第 223 和 224 页之间
污迹
浸透了前后好几页
打都打不开
正想撕
有人
低头细语
提醒
别
有监控

婚　誓

你是我的伴娘
我是你的媒人

你说你
作死
也不做
前妻
并嘱咐我
再熬
也莫熬成

前妻

我熬着
早熬成了
前妻
你早死
也死成了
前妻

懂风水的同学说——

你家梳妆台的镜子
跟门对冲
不好
我急忙把镜子挪到床头
她摇头
镜子对床头
主凶
我吓得一脚将它踢到床尾
她摇头
镜子对床
犯冲
对窗也不行
犯冲
实在没地方挪了
我扯下脖子上的围巾
严严实实
罩在镜子上
她摇头
绿巾盖头
绿帽顶头
犯冲
我换了一条鹅黄纱巾
她掐了掐手指
摇头

你今年命犯太岁
冲黄色
我翻箱倒柜
找到一条红坎肩
她摇头
今年寡年
红
不能辟邪
你只能
摆个吉祥物
摆个镇魔的东西

里里外外
她看了又看
之后
她从书架上取出《曹操》
她把《曹操》从中部打开
压住镜子

晒花生的妈妈

初中时
我去她家
她妈妈在晒花生
一边翻动
一边说
你们别吃啊
这是给你哥哥结婚准备的
她大学毕业
她妈妈还在晒花生
她结婚了
她妈妈还在晒花生
都说那花生是给她哥哥结婚的
如今她儿子都结婚了
她妈妈还在晒花生

一台七十年代的“红灯牌”收音机

通电后
我拍了它几下
它发出刺耳的啸叫
我捂紧耳朵
它竟然唱起歌来
还是中波 639
还是中央人民广播电台

我想换台
反复拧来拧去
那道红线
竟然纹丝不动
竟然还是哒嘀哒
哒嘀哒
哒嘀嘀嘀哒

在冬日温暖的阳光下

我
和我的小狗
绕池塘
跑步
我后面的人追上来
提醒我
路上有条蛇
我看了看
是蛇皮
我的小狗闻了闻
是蛇皮
我们继续跑
后面
又有人追上来
告诉我

路上有条蛇
我蹲下
仔细看了看
是蛇皮

可总有人
追着
提醒我
路上有蛇

等

火灭了
指挥他们再冲进去
补拍救火镜头的人走了
扛摄像机的人走了
人都走了
他母亲不走
谁也劝不走
她坐在坍塌的台阶上钩花
用一根不锈钢电焊条做的钩针钩花
把他出生二十年以来
所有衣服都缝上花
白玫瑰二十朵
白莲花二十朵
白菊花二十朵

在泰国给菩萨贴金

冒雨进庙
义工递给我一小片
金箔纸
我以为跟去卖场
进门就被人贴标识一样

把本该贴在佛身上的金箔
贴在自己心口上了

“你不能给自己贴金”

有人提醒
我应该给佛贴金
哪有病
哪不舒服
就贴佛的那个部位
就会得到佛的保佑

我迅速将金箔
从我心
移上佛心

湘莲子，本名肖功莲。湖南省衡阳市人，居广东虎门。作品入选《新世纪诗典》《火焰与词语：21世纪中国诗典》（汉英对照），《1991年以来的中国诗歌》《写给儿童的诗》《葵》《中国当代短诗三百首》《中国新诗年鉴》等，著有《机车必须替轨道行驶》《未了集》《火祭》《想好梦话再睡觉》。获《新世纪诗典》第三届“李白诗歌奖”点评奖、第六届珠江诗歌节短诗一等奖。

窗 外（组诗）

陈亚美

朋 友

我不断地在想起你
在某个愣神的瞬间
或者路上走着看见某个陌生人

也有那样一些时候
我坐在家里的沙发上
看电视的某个情节
或者在夜深人静的睡梦里

我仔细地回想
其实我们并没有过多的交集
只不过在同一个企业
都做共青团工作
那是个超过万人的大企业呀
可猝不及防的青春却被大企业绊倒

于是我们各奔东西
生命再一次回到起点

据说你走在一条叫生意的路上
以大搏小或者以小搏大
你都是真心换取

在浓烈的夏季和热闹的春节
我总要从北京回到故乡

我必须回去温暖亲情
这样一些时候
我们也会聚在一起
推杯换盏之后账总是你结

记不清是哪一年了
你善良的面孔
已被死神高额悬赏
那个冬天
白酒以黑纱蒙面
高悬的月亮也未能预见
你的生命竟被一小块冰轻易许诺

当一些往事再次清晰呈现时
其实我正站在某个公交站牌下等车
灼热的阳光
让我忽然发现自己的头发
哗哗地闪着白光
忙碌的人群渐渐失去了具体的形象
我的眼睛看见的是更加实在的虚无

从草原运来的羊

为了屠夫杀死的那只羊
我醒在清晨里

其实昨晚
为了屠夫杀死的那只羊
我很晚才睡去

我想把它分解开
装在北京的冰箱里

当一个人驾一辆车
穿越星辰

用手机找寻到一个陌生人的家
一只任人摆布的羊
终于可以放下最后一声叹息

它已经被冻成一个正方体
躺在标有印刷体的纸壳箱里
我知道
上面的那些文字是它唯一生活过的地方
但肯定没有它的性别
也没有它出生和死亡的日期

一种生命体
竟然是在死后
开始了它命运的旅行

飞　翔

当你踮起脚尖
风就从鞋底穿过
如果你脱掉鞋子
流动的空气
柔软即将触碰柔软

如果你再做一个芭蕾的姿势
你便有了飞翔和美好的感觉

每一个人
需要借助外力
成全自己
但千万不要在鲜花面前陶醉
更不要在掌声当中昏迷

能够飞翔之后
你将变成一只苍蝇或者蚊子
抑或一只扑火的飞蛾

如果是一只鸟
移动的枪筒
甚至
正欲熊熊燃烧的森林

生　命

这是一场春梦
每一个人都在甜蜜里诞生

婴儿用坚厉的哭声叫醒自己
同时也叫醒了这个世界

他们给了你生命
却不知道如何唤醒你
其实他们也正沉睡着

他们的上一代人
或者再上一代人
曾经醒来过吗
他们以一种节奏
饶有兴味地行走
百年好合是他们唯一的梦乡

当他们的下一代人
或者下下一代人
即将以清醒的方式
不知疲倦地灌溉生命
熠熠生辉的思想
却以肤浅呈现物质的幽深

那波光潋滟的生活
在子夜照进命运深处的绝望
生命还能如河流般延绵不绝吗
土地沉默着

炫目的天空沉默着
亘古的历史沉默着
生命终将要在永远的混沌里
一代一代
勇敢地活下去

人生是一门玄学
当你参透了
你便糊涂了
当你糊涂了
你便参透了
所以不要问我从哪里来
更不要问我要到哪里去
人生的过往没有对错
所有的印迹都是生命存在的徽章
鲜红或者暗淡
谁又能说得清是忧伤还是甜蜜

属　性

更大的物质
以地球的引力
让我们的精神不能飞翔

起跑的姿势
是一束鲜艳的光
眼睛看见恍惚
心中趔趄着选定前方

那一瞬间
肉身脱离了束缚
我们不再感到沉重

绿色森林里
闪动的皮毛

是一种律动
尘屑被阳光照亮

眩晕离心脏更近
鸟儿总要高过枝头
与白云比肩
可天空也有雷霆之色

我们不必飞得太高
更不要飞得太远
人类的命运
就是抓住大地
永远低空滑翔

陈亚美，女，出生于内蒙古包头市，现居北京，任作家网副总编。曾在《人民文学》《鹿鸣》等刊物发表诗歌、散文作品。2003年开始，担任漓江出版社大型年度作品系列图书——《中国年度微型小说》（每年一本）主编。曾应邀出访美洲、欧洲、大洋洲、南美洲等地参加文学活动。

舞　蹈（组诗）

砂　壶

我已体无完肤。亲人
你在哪里？

畅饮之前，你要明白我的身份
我腹中装的是毒药还是蜂蜜

亲人，你在哪里？
离胚的疼痛一如我的重生

举杯的造物主庆祝着胜利
亲人，你在哪里？

在废墟的碎片里
请不要叫出我完整的乳名

陶　罐

你信不信
她是无底的——
没有过去，没有痛苦，没有隐瞒的回忆

他们用怀疑的眼光当线描笔
为她描绘出身世、性情、存在的意义、可能发生的爱情
嘿，这无辜的家伙！她张开嘴

比在火炉中诞生那一刻更焦炽。她说什么
都没有声音。
她越解释越快，越说越焦急

在这偌大的空间里
除了浩荡的“白色沉默”
再也听不到一点，人声的回响

门　牌

寄挂在历史的大门上方
她像一朵枯木上无意被长出的黑木耳
倾听着人来人往

这块别在回忆前胸的胸章
有着铁锈气味的笑容
她皱巴巴的眼神，垂直于晚暮

“我已原谅了生活，放下金属的姿态。
那么好，当一场场风雨再次来临……”

她拉长耳朵，专注地听
总是这样。每次。
——这是谁的脚步声

“这个时代没有贼。有的只是陌生人”
她安慰着自己，以减速脸上斑迹的沉淀
用敞亮的心，迎接最接近的那片阳光

根

一声鸟鸣被卡在书本中央
村庄划开一道长长的缺口
汩汩涌出，童年的回溯

这白生生的汁液里
我找不到儿时的鞋子
赤足深深扎进向下的远方

叶落腐糜。这木头做的心
为何却总是，鲜血淋淋？

烟灰缸

是时候反省反省了。
为什么我总是等不到爱情

我只为等待死亡而生
等待伤害而生
只为迎接一块块火红的烙铁而敞开胸襟

请相信我说的都是真的——
我并不孤独
为了便于你的到来

我只开大门。关闭了所有窗户
你不必爬窗进来。想爬也没机会了
喂喂喂，该扔掉了！

被点燃屁股的寂寞就要烫到你的手指
还不快快放下？你这近似雕塑的混账
要知道，置之不理正是最大的伤害

来。摁灭所有的火花——
伤害我！用尽你最后一口气。

核

确切地说，他是一块石头

包着血和肉

我不想提起他的花期
他的旧身体。被榨干的甜润爱情

“请离我远一点。我的头颅里
正下着一场暴风雨”

你如何能将我安慰？
抚平我木皮上褶皱的妊娠纹

我的脸，被对称切开
一边飘着落叶，一边长着新芽
你住在哪一边？

我的嗓子被你的目光卡住
却心存孤胆

暴雨已过。我的头腔中鸟鸣四起
血肉模糊的记忆中间

一道虹光，将我撕裂的脸
再次缝起

梳

醒来，桃木梳子发了芽
那么多向上的手指
闪着绿色的光

寂静暗藏暴力
生花的斧头泄漏了光阴
劈开柴木，渗出真相的锈水

这真叫人危言耸听！

空气生锈，灰尘生锈，日影生锈
绑在时代的大树下安静吃草的马匹
吃着吃着，变成斑驳的铁马

“妈妈，妈妈……”
抬起头，母亲正为我扎辫子
我坐在童年。
她拿着梳子的手，已锈迹斑斑

四周的光，耀眼得不成样子

谕

挽着恒星的手臂
道路举起火把的眼睛
照亮前方的山脉。这张开的琴弓
僵持着诀别的口型

我是如此安静。
站在这翻浆的大地上

是先有星光，还是朝圣者
先有神像，还是寺庙
先有鬼魔，还是祭司台
先有叛逆者，还是信条和教义
先有我，还是“非我”的寄灵？

我如何才能知晓？

命运在我的头颅内搭台歌唱
哦，这通灵者的圣歌
翻搅着我周身的血气！

让我像一头披头散发的母兽
困在一根扎于时代肋骨缝的刺尖上

不痛不痒地，清醒着

岌岌可危，总是这样
一次次，逼近我的喉咙

谶

一语成谶
在一粒包壳的果核里
她放声大哭

这末路狂徒
耗尽一生，为她的伤口寻找着新鲜的盐矿
就这样坚信：

她的出生，便是世界的一个缺口
填满与被填满
只不过是用死亡当筹码的一场游戏

陆燕姜，笔名丫丫，广东潮州人。广东省作协理事，作品入选多种重要诗歌选本。出版个人诗集《变奏》《骨瓷的暗语》。

春天的草场（组诗）

初梅

阴山岩画

站在阴山岩画前
我的手指，有足够的耐心和热爱
寸寸抚过三头麋鹿（也许是岩羊），两个太阳神
转身，抚到一张笑脸
抚到已剥落的唇，模糊的眼神
一只小红蚁突然爬上它的眼角
仿佛它瞬间溢出的
一滴泪珠

我有短暂的迷茫，在那滴泪珠里
看到长须的王，赤红的马，征尘，弯弓，烈酒
桃花浴血，美人沦陷……

以及易疼易伤之词里，又一次抽身而去的
我灵魂的孤绝

长安雪迟

这迟迟才来的雪，每一朵都是我的发小
我们出身乡野、清风，如今身陷囹圄的命运也相似

我们犹疑着重逢，在梅树下低声说别来无恙
说这么多年改不掉的小性子、倔脾气，总是不肯屈就

"为什么久无消息？为什么现在才来？"
这样的疑问，我们都不提及

正　午

那以静止的姿态埋头奔跑的马匹，为我所虑
我死死摁住它背上，就要拱破皮肤的翅膀

伊卡洛斯，伊卡洛斯
不要一意孤行，与我背道而驰，飞高，被太阳灼伤
不要跌落下来，失声，令慈悲的大地荒凉

回到我的榆山夼

回到我的榆山夼，我便成了
没有任何秘密和履历的婴儿
视觉和听觉，尚未发育
除了父母闪耀的面庞，我什么都看不到
除了父母唤我"香儿，香儿"，我什么都听不到
热炕上吃饱喝足，挨着枕头便进入梦乡

在海之阳的榆山夼，我的村庄
则像婴儿从未蒙尘的眼神，格外清澈，深邃
我愿意像溺水的人
淹死在里面，一次又一次

这里不是举目无亲的长安

从一岁半到八岁半
每年回到姥姥家的儿子
非常肯定自己的判断
将他的中年表姐叫"阿姨"
将他满脸皱纹的表舅妈叫"奶奶"

坚持让跟在他屁股后面喊“叔叔”的小表侄
改口叫“哥哥”

这些称呼里，没有一点儿血缘亲情

亲爱的儿子，这里不是举目无亲的长安
这里是榆山夼，我们亲爱的故乡

春天的草场

成千只羊从栅栏里逃出，奔向春天的草场
上万只鹰呼风唤雨，在戈壁滩上空，引领石阵向东

那白天游牧，夜晚清点羊群也清点鹰的人，不知疲倦
日月光辉无比纯粹地照耀着他的毡房，和向上的气流
温良的女人，请留在他的毡房
给他备好馕、马奶、青稞酒、烫脚水、热被窝
请像对待婴儿一样，半卧在他身旁
轻拍他的背，直到他入眠

寂寞被一再说出和书写

当这个词
被薄厚不一的嘴唇，一再说出
被各种型号的笔，一再书写
它的体内，已乱草丛生
麻雀们把它当作天堂
在那里兴致勃勃地
筑巢，繁殖，串门，吵架
最兴奋的是一哄而上，恣意捉弄
冒失闯进的人
把他的嘴巴，啄细啄尖
再赶回人间
使他一开口，便发出鸟音

唱花脸

他们唱花脸，理想远大
忠于自己的遍体鳞伤，厚痂下奔涌的新鲜血液
血液的上游，痂的顶峰，有神谕

他们唱花脸，运筹帷幄
避开历史和朝代，盯住乌压压后来者，颤巍巍打开唱腔
呔－爱呀！咿－情哪——

台下的看官呐你听上百遍，我便借你还了那魂
生生不息呀万古不朽

正午小令

新年伊始，提取一个阳光温暖的正午
善待强硬挤进你半生的寒冷词，和它们挟带的阴影
挪藤椅，净素手，玫瑰西洋参茶沏一壶
与它们，慢慢品
不多言，只向三月靠
一起静待，桃花开，南山烟霞绕
千年老树，青苔为衣
夜半化身白须老僧，修枝桠，扫落英
南山坡上，一间门庭，一盏灯晕，一对人影犹伏案
读诗书，不觉困

恍　然

你蹲下来，让自己低一些
我抚摸你脸上的沧桑，黏稠的眼神，像抚摸我
连心的婴孩。忍不住想亲你的额头，轻轻叫你亲爱的亲爱的
但我仍然不能确定你到底是谁，这多么让人悲伤

多么让人悲伤啊，明亮的阳光挡在窗外

我们不被照耀，不被温暖
我除了擦掉眼泪，忍住呜咽
不让这卑微的哭泣惊扰了有序的人间
还应当告诉你，我暗藏的沉沉暮气
常常像毒蛇火红的信子一样，突然蹿出，吓住我自己

应湖泊而生

不需要谁相信
甚至不需要我们自己相信
我们是诸神，湖泊的制造者
因为遇见，并被重新命名
我们在荒漠上洒下世所罕见的眼泪
一滴眼泪，就是一个湖泊

应湖泊而生的，是怀砂静修的蚌
是鱼，是鸟，是草木，是花朵
是稻谷，是菜园，是牛羊，是子民
是村寨，是城邦
是繁荣昌盛疆域辽阔的强大帝国

你若做我来世的王，我便做你来世的后
我们交出姓名，交出汗血宝马
策马并肩，引领这帝国的气息和格调
名字带着黄金的光，永远不朽
百年之后，它们必将代替星辰
挂满帝国的夜空

而更辽阔的春风，迟早会刮过来

我要比一场预谋已久的风暴
走得更快，更果决
哪怕它刮得越来越凶猛，越来越恼怒
也无法撕裂我优雅的长裙，精致的发髻

更无法摧毁我眼睛里的秘密湖泊

我要以这种经得住神长久注视的
端庄、从容的姿态
比一场预谋已久的风暴，更快更执迷地
拉住你的手——
拉住你的手，就拉住了你的命
拉住你的命，就拉住了我的命
就准确无误地拉住了我们
一边风化一边复活的
合二为一的命

像攥紧珍珠一样攥在你手里的
我们的命
是人类一出生
便本能仰望膜拜的日月光华
是神赋予我们的大海一样辽阔的自由

而更辽阔的春风，迟早会刮过来

初梅，20世纪70年代生，山东人，居西安。中国诗歌学会会员，陕西作家协会会员。作品刊于《诗刊》《诗选刊》《星星》诗刊等。

梅花烙（组诗）

琪轩

交　换

夜的腹部柔软
而零时三刻，滴滴答答的水声
敲击出
一张床横七竖八的想法

到哪里
寻觅三两干净的棉花
用来涂药

如果你肯——
神说：

帮你揭掉寄生在背部的苔藓
以一截朽木的锯痛
替代你呻吟
还要赐给你，席子和面包
以及手掌大的家园

梅花烙

天色继续阴沉
一路之上，拥挤和剐蹭
相对于满树梅花
烙印在童年的记忆

都是小事情

花瓣飘过篱笆
飘过，歪歪斜斜的一场雪
钻进瞳孔

成千上万只火蝴蝶
翻飞、起舞
冰封的河，被深度烫伤

头戴斗笠的人
选择不再流浪，暗香盈动的时节
一截土墙内心的冷漠
被轻描淡写

暮　雪

穿白衣的女子，始终坐在
颤抖的草垛上
拼命摇动
手上一架空空的纺车

此刻的你，正对着一把镰刀
感恩，或者做梦
远处的羊群，绕过桦树林
一朵一朵，飞过来

意外惊喜——
也许，只能如此解释

咯吱咯吱的笑声
掺杂着
一直被你忽略，身后瘦瘦的风
纺出了，软软的河
以及，棱角分明的夜

替　身

阳光，恹恹的，像脱落的羽毛
从建筑物的斜面上
飘起来

往事，弱不禁风，蜗居在屋檐下
最终被吸附在
一棵树，漆黑的枝条上

雪花和雾霾
都构不成出逃的借口
稀疏、散乱。所有危险因素
轻飘飘的
压缩后沸腾

此刻，留在原地的两条影子
务必重新确认
自己的另一重身份

北　风

即使用整张羊皮
死死缠住，你发育良好的身体
冬天也是曼妙的

有人站在夜晚的边缘，一甩鞭子
飞起一千只蝴蝶
羊群、草木，和铁皮下的脚趾
即将苏醒

围栏唱歌，经幡跳舞
姑娘，别为一条冻僵的草蛇
紧锁眉头

趁牦牛还有力气

抵住那扇吱吱呀呀的门
编好散乱的发辫

虚掩之门

虚掩之门，许是印象中的一幅油画
被九月的阳光，装订在封底上

我抱着一本书，翻越五座高山，七条沟壑
最终只是翻越一张纸的厚度
靠近传说里的花园

花园，已被成群的飞蛾占领
门外好奇的目光，被两块木板的缝隙夹住
而你，并没有如约站在甬路的尽头
等我

秋天还是那么耀眼
满园的雏菊，开得还是那么热烈
我却收回伸出的手

琥　珀

这或许是时间留下的
最小的脚印
也可能是，老祖母脱落的牙齿
如今，我更愿意相信
你是打开白垩纪的一枚纽扣

风翻不动厚厚的经卷
只把一些猜想，放进水里
搅拌均匀

草叶的记忆，打着赤脚

低下头，你能看见提着灯火的树叶
背着诺言和眼泪
在漆黑的一场大雾里
奋力爬行

在指腹大小的海洋边缘
在不规则的春天
留下一小块，透明的瘢痕

你是我的鱼

河水闪烁，我捧起细碎的波痕
那伸展，又伸展的目光
要将我的祈盼，送去哪里

怀抱鲜花，做你岸边的一丛蒲草
或者，蒲草下面的淤泥
淤泥下面的根须

世界很小，小得容不下
并驾齐驱的尾鳍
世界单一，只有被搅得浑浊的
唯一水域

我们心意相通，我们首尾相连，
却隔着阳光、雨露
隔着，看似平静，湍急的河水
隔着窄窄的一张船票
隔着，我们自己

另一种火焰

红丝巾，飘起的那一刻
夕阳正浓

远处，山在雪的怀抱里
在一个人的眺望里

澎湃。虽然这是零下 20 度的冬天
谁的笑容妩媚，一寸寸
染红屋檐下的雪

可更大的一场雪
还在途中
发出咯吱咯吱的呼喊

灰烬飞舞
或许是巨大的作案现场
你捂住眼睛
不敢测试曾经深信不疑的东西——

白色的粉末，旋转、加速
许多个漩涡相互碰撞
铁在燃烧，石头迸出鲜艳的火苗

琪轩，原名田秀芬，1970 年 6 月出生于吉林省辽源市。中国诗歌学会会员，吉林省作家协会会员。作品发表于《诗刊》《诗选刊》《诗歌月刊》《绿风》《诗潮》《安徽文学》《作家》《山东文学》等刊物。入选《吉林文学作品年选》《2014 年度散文诗》（漓江出版社）等多种年度选本，多次获得全国诗歌比赛奖项。

赠 诗（组诗）

宇舒

致雪，致我的雪

25 年前的雪
落在 40 岁的清晨

已没有一颗钉子
能钉伤我内心的雪花

那个叫雪的人
一再飘进我，最虚无的角落

从我的体内，掏出风暴与雷霆
清扫我一碎再碎的瓷器
并给我最亮的阳光
最丰富的歌吟

……亲爱的，当他们说起雪
我就会这样，想起你

或许这只是一首伤春的诗

我假装，你是我豢养的一头豹子
在被我遗弃的时候
才发现自己幼兽般的情欲
“我厌倦了和终点的拉锯！”
你赶来，就为告诉我这个？

你突然变得十分温顺
皱纹有些像落日
巨大，哀伤

害怕某些事物，永远地静下来
——是害怕
不再有幻觉的树，死于华年？
关于生，关于流水
我们都曾有过这样的恐惧
有时，恐惧也关涉暴政
和奴役。一切都像那个
在春天的窗户下
偏执地，撕花瓣的
盲女。很多天了，她一直
保持这个可怕的姿势。天哪，我是
该向往，还是害怕
我也曾被这样的盲目主宰

“该折返了”，黄昏的时候
你这样说，手里握着
一本日历。它不是
瞎子的日历，也不是
哑巴的日历。它是一本正常人的日历
生活是它全部的诉求。在阅读它
的几十年里，你的头发逐渐白得
像阔叶林中那只银背猿。那只
倦于翻上翻下，只整日整日
缅怀青春的老猴子

苍老的银背猿是猴中大叔
而这些天，我真的遗忘了爱情。
我走走停停，听疯姑娘告诉我
人和镇的哪一只耗子
在昨夜死于暴雨，哪两只
小鲫鱼，在鱼缸里
形影不离，不只是为了

生的安全感，更是为了相知，这人世间
奢侈的情谊！绕着花根
游啊游，只在濒临窒息时
它和它，才把嘴伸出水面，呼吸一口

这难道就是，那并不存在的自由？

赠　诗

一

左手抱住虚无，右手用来触碰你
黏土做的花朵给你
旧盒子留给自己
左心房安放你，右心房
安置孤独和平静。左耳听你唱歌
右耳过滤时代的雾霾、风暴
忍冬花的寒意
上嘴唇说情话，下嘴唇
保持天生的敦厚与土的属性
左腿与心肺用来追赶，热爱
右腿与肝脾用来止步，收起双翼
这不是爱了一次又一次
碎了一遍又一遍
是上帝给我一个祝福
我给上帝的回信
写了，涂掉，再写一遍

二

其实我并不想要，这样歪歪斜斜的平衡
我想要把花朵、抱枕、手机壳
倾诉、寻找雪的诗
触摸星星的梦想
全部寄给你！

既然自救行动，源于一场火焰中的相遇。
而如果你倦于炙烤，请允许它
温和地唱吧，燃吧，呼吸吧
像冬夜的剧场
我变成一只温情而淡定的啄木鸟
轻轻啄了一下你的脸——陌生人呵
我涉水踏歌而来，原本只为羔羊般倾听
你白天的嗓音，你夜晚的歌吟

“白色的蜜蜂，你不在
却在我灵魂中嗡嗡响着”

写给 11 月 6 日的梦境，和它的消失

两个没有脸庞的人
两张真切的嘴唇
一个和我一样敏感、冲动的人。

我是梦见了你，不顾失散了的爱惜
和老死不相往来的决定。

不是我想回忆起
乱世里声嘶力竭
最终却不着一词的失散
（空气里我颓然离开）
以及更早的早年
我如何在弥散着奇妙体味的叙述里
遇见忧伤、恍惚、容易自伤的同类，
不是。

甚至我想，我梦见的并不是你。
我只是梦见了，一个没有脸孔
的爱人，梦见我踯躅着
牵了那只瘦瘦的手，幸福像汽车
滑过减速带时的震颤，它不肯减速。

它呼啸着向前，肯定就会撞碎什么。
我对你说——
那就让我们彼此指认吧，
越过这个我们爱着，又怀疑着的世界。
越过爱着，又怀疑着的人群
越过爱着，又怀疑着的彼此。

……这时候，天就亮了
你依然是我的敌人
在找回了脸庞的清晨。

面　壁

总是没有回复
这个秋天
我当更加孤独。
孤独到，丈量自己的舞步

曾经鼓满气的篮球
则变得像海绵
或者人民
那样软弱、坚韧和息事宁人
可是尽管这样，我仍是个案
将毕生的黑夜
用于吸收和消化的个案

是否真有，这样一个黑洞
吸盘般，吮干旧日激情

旧日激情。
目睹了多少次星空中的
失语，这一片星空
曾被体制、级别、浮名和古铜色的金币
轮番占有。
去年冬天，我原本想带你，逃至天涯

但人们从那里归来，说
就连天涯，也不再天真
和开，夹竹桃的花

致

你是只会捏泥人
捏爱的器官的哑巴孩子
怎样告诉你
只有我谙熟你的语言

怎样告诉你，已有很多年
我注视着你孤独的舞步
你彻骨的爱情，敏感得
在人群中没有伴侣，和我一样

而我是不能爱你的残疾人
不用告诉你
我有太多敏感的触须
唯独没有一条可以深入你

怎样才能慰藉你
除了睁着我炽热的双眼
写着我绝望的诗篇靠近你
在我空虚的邮箱里，等待你

宇舒，诗作散见《诗刊》《人民文学》《星星》《长江文艺》《诗选刊》《红岩》《特区文学》等。出版诗集《不再》《废墟上的树》。

绽放

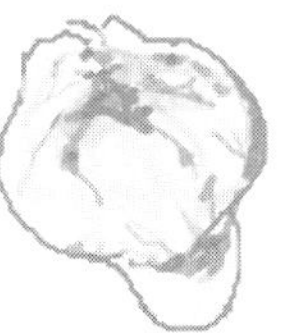

BLOSSOMING

POETRY APPRECIATION

康雪

余洁玉

张会勤

那萨

刘梦

禾吟汐

有匹马，从云上来（组诗）

▎康雪

美过病痛

第一家医院门口，有花。很多花
最好看的是波斯菊，金灿灿的
仿佛生老病死，再近
也不知是什么东西

第二家医院什么花都没有
但有个女医生，轻声说话，说一句
就开一朵
说一句，就开一朵

满屋子的花香时，我是她最后的病人。

我以为你是这样以为的

有可能，人死后不是真的死了
他只是像颗果实

从树上落到地面。
这只是一种状态。在哪里都是活

有可能。谁都不是完整的
你的一部分在这里工作。你的另一部分
却活在一只野兽上。

它比你简单，良善。但也会做出
让你无法接受的事

有可能。万物真的有前世
来生。
甚至。都活在同一个空间里

比如。我今天吃掉的一只土豆
它就是我的前世。我迎面撞上过很多次的

一个人。或者一阵风
它就是我来生的样子。只是我猜想得太多了

我们终生不能相认。

天气好的时候

我说。亲——
我们去晒太阳

山坡上的草，还有些枯黄
没有虫子，坐下吧

我还给你讲个笑话
有只小蜗牛爬啊爬啊

你还在听吗，亲
我又要哭了

有匹马，从云上来

噢。你看那群山上
拇指大的红橘子
这样的清晨，露水只从桃树上

跳下来
要过河吗。我们完整的身子
还没有融为一体

有些涟漪，就从你的脚趾上
开了一扇巨大的窗户

我又一次路过她的墓碑

我听到她的笑声。仿佛从未经历过
冬天与迷雾
此刻门窗很细，很薄
我是如此心动。这有别于清晨
缄默的嘴唇，覆盖着落叶或星空
她的过去，土地一无所知
除了寂静，没有什么
是不能承受的。我只坦诚这热烈的孤独
“黑夜中有一股雪味”
她的年轻，却明亮得很

寂静之外

有没有想过，每个夜晚的火候
早就被人控制。
几分黑，几分静
分配给我的，都得用手掂量

我总在这个时候
体会饥饿、寒冷与未知的
孤独（孤独？这是快乐的一部分）
原始的欲望得以成全。

像被迫。打开身体
星空更加寂寥。我需要给我害怕的事

写一封
长长的，感人肺腑的信。

水中月

有人说要娶我。刚好夜深
他不知道我没有他想要的一切

阳台上的风总想留下痕迹
我从未点头
一些树叶，在寂静的刀面上
剖开自己

那么薄的爱意。他扶着
一些我脱口而出的月色，走了太远

小洪水

小雪。小雪
真像在叫自己的名字。我关好门窗
灯光
默默对着前日
从花店捧回的睡莲，说

我爱你。
我爱你。
我不需要回答

只信这宁静之中，万物如夜
慢慢开
小雪。小雪
真像在叫自己的名字。上空的月亮
是孤独者的猛兽

日落而归

我不能长时间挥锄头
一些力气，要用来看头顶的山
它变矮了，有些老

山上有些果树。野生的
开了花，就会回家里来
夜晚，我给它们戴上斗笠。数星星

数多少。结多少果子
—— 有未名的鸟鸣传来，太阳正要
落下山去

镜中花

这个冬天，我若能摘一颗草莓
有些句子就会好看些

镜头里可能还有一张邻居的脸。风和霜
从另一扇门进入

我的毛衣和裙子，都那么新
他说要准备好。穿过长长的马路

走到那本旧书的扉页上去。

我仍在万籁俱静时怨恨你的良善

天气已经不重要了。很多时候
我坐在你身后，看着逐渐倒退的树木
只能想到飞。

这是幸运的。车水马龙间

能触及沉默背面的，除了死亡，只有
我和你

而我就想，永远活在清晨之中。
这暴雨，也只是我细小的灵魂
独自摸亮的渴望。你知道

我曾多次，在你回头亲吻我时
想要侧身让过
这如期而至的夜晚以及

万籁俱静时。我滚烫的孤独与贫穷

听说有雪

我总看见陌生人拍打窗子
又没有声音。像果实
在树上获得速度

孤独也因此，从绿到黄
与无数朵云，拒绝被挂在年历上
有人闭上眼睛。有人
获救

线缆没有尽头。有什么被
均匀切割。黄昏和铁轨相撞
一只白蝴蝶

就要占有我的名字。

康雪，笔名夕染，1989年生，现居长沙。诗歌散见于《诗刊》《诗潮》等。

时光的马车（组诗）

余洁玉

一小粒灰尘

一小粒灰尘躲进我的眼睛里
而我总想把它挤出去
用人类惯用的手段
排挤，压榨，诬陷，诱哄……
但是它仍然牢牢地
抓住我的弱点
盘踞在我的睡眠之上

一小粒灰尘搅得我心神不宁
睁开眼睛就是白色的水源
就是天空沉重的雾霾
就是工厂里的爆炸

而我却用同样的技术
污染了我的文字

夜行的马车

我想到一辆马车，在黑夜里行走
马蹄陷进时间的深处
它的努力就像父亲额上的皱纹

而我站在风里，拿着一把铁铲
我想埋掉的不仅是钟表的滴落

还有我的声音和孤寂

海上风暴

我越过十六级的台阶，看见大海
站在风暴之上
像一匹正在食草的野马
直到黄昏降临，一切都平息了
夕阳像一个皮球，滚落在它的脚边
它才抬头看了一眼
就朝夜晚的深处隐没

而我像大海一样患着重病
不管白天还是黑夜
都颠着一副旧皮囊，在人间走来走去

孤独把我集合成一束光

孤独把我集合成一束光
照亮内心的湖泊，森林
和山冈……在那里
我将与伟大的人们同行
攀过喜马拉雅山，蹚过每一条
必经的河流，驶过海洋
去古希腊的广场小坐
听苏格拉底说：“我什么都不知道！”

也有可能，我将在铺满樱花的小路上
遇见几个纯粹的诗人
他们的口袋里塞满了诗歌
但露出来的却是闪闪的星光

我喜欢这种文学家的魔术
喜欢他们亲近生活，又立于生活之上

就像我喜欢孤独
只因那不是真的孤独

江湖不远

江湖不远，就在打铁匠起好的炉子里
那叮叮当当的敲打之声
就是看不见的厮杀，血与光的交织

路面潮湿，旌旗飘扬
门上挂着羚角
许多人来来去去，省去了问候

而我用清水洗头
用花香代替雪花
一个人坐在窗前，像月光一样啜泣

风声起，天气凉
一个习惯了在江湖中打斗的人，今夜
他的箫声像一把尖刀，深深刺痛了我的忧伤

羞　愧

清晨，一个小男孩跑向了我
他的衣着整洁，头戴鸭舌帽
小脸蛋在起伏的喘息中变得通红
就像初升的太阳
娇嫩而鲜艳。他的左手拿着今天的报纸
右手握着清晨的宁静
那神性之光就在他的身后
让我忍不住双手合十
承认自己成年之后童真的缺失
我低下头来，不敢看向我的儿子
也不敢看向我内心的羞愧

一滴水中看大海

将一滴水，放在掌心
就看见了大海
在那些蔚蓝的时间里
海水与鲨鱼相互交织
吐出一连串的泡沫

浪花是我奔跑的脚印
风在追逐，向着更为广阔的蓝
我祈祷双脚永不上岸
像一只白鸥，翅膀系着
阳光的带子

我想，一滴水和一片海
是一样的
都被天空笼罩
都不在乎自己的命运
即将沉入落日

乡村生活

已过而立之年，还没有在一棵树上
找到自己的天空
我依然是稀有之物
一个人上班下班
羡慕天上的飞鸟

路过草地，想着躺下来
双脚却在行走
一条河拖出我前世的小舟，河面开阔
同行的人，一脸桃花之相

想起童年小桥流水，白云环绕。乡村
就在我的身后

那是母亲的脸，父亲的脸
正在被一束月光
钉在窗台之上

从那以后

从那以后，鱼儿又回到了水里
鸟儿栖上了树梢，而我
再一次撞上了南墙，被生活与理想
前后夹击，灰头土脸地
碰碎了一地的月光
我时刻都为自己，毛毛躁躁而羞愧
梦游一样，到处都留下
对人世的爱，对山水的情

我总是独自一人
被孤独收买，在灯下搬弄文字
与古人为邻
我总是一边擦着眼泪
一边为爱而忏悔

余洁玉，1981年生，广西贺州人，广西作协会员，鲁迅文学院第四届西南六省（市、区）学员。在《星星》《广西文学》《南方文学》等期刊发表过诗歌。

我该怎样写一首桃花诗（组诗）

张会勤

旧　梦

你已经旧了。站在风里
浑身的骨头就会疼
来自心底的声音生了锈
每说出一个字，就掉上一地的碎屑

夜晚的安静让人孤独。冷，痛
一寸一寸，从脚底蔓延
麻木越来越严重了，你不知道
下一刻，还能不能站立

第一场雪已经下过。瞬间消失的洁白
像没来过一样，左右你并不在意
冻僵的双脚和双手，才让你无奈
蜷缩在被子里，等一场不会来的情事

十二月，梦变得模糊不清
白昼比任何时候都长
旧了的你，紧闭双眼。白天，黑夜
期待困倦来袭，安心睡去

坐在水边

坐在水边，我已没有任何念想
虚幻的脸破碎成雾，灼热的词冻结成冰

我忘了所有发生过的事
努力挣扎着，从梦境醒来

梦是个好东西，当我睁开眼
再翻一个身，之前的一生就会完结

我在水里找自己的影子
一层又一层涟漪

不必轮回，已历经千世万世
这是多么完美的事！

我坐在水边，看着自己的影子
突然很想知道，我是她的哪一世呢？

我爱着的那个人他可能不爱我

一想到这点，就撕心裂肺地疼
像条上了岸的鱼无法呼吸
她想念水草，想念水
她想念水底无忧无虑的日子

在那个寒冷逼近的冬日
他不爱我
在那个大雪纷飞的圣诞前夜
他不爱我

想到这点，我就不知如何开口
耐心和语言，都消失在来时的路上
三月四月，人群聚拢又分开
我的万千桃花开放

我在桃树下沐浴花雨
不经意踩着些枯枝败叶
五月六月就像不存在

他说，我在八月等你

那一年，我出生时哭声微弱
未能给你指明方向
那一年，我豆蔻年华懵懂无知
将一本书撕碎在风里

那一年，我身披嫁衣
流着看不见的泪
你在空气里发出嘲笑声

那一年，我说不出话
甚至一个音节都全是破绽
时间里的瓷器只剩裂纹

那一年，我爱着的人他可能不爱我
撕心裂肺的疼，从空气里袭来
清澈的河水缓缓流淌，我跪在岸边
暴风雨迟迟不来。而你，是因何背叛了我呢？

安　静

万物睡去。你亦安静得像已死去
譬如儿时回忆，譬如旧恋情
均打包邮寄，至不知名的所在

冲一杯新茶，香气氤氲
翠绿的叶儿浮浮沉沉
你抬头看灯，它的明亮胜过你的眼睛

你们无声交流。最后，竟泪流满面
他从旧的光里走出来，崭新如故
他招一招手，你就欢快地起身

你抱着他，像抱着二十个他

眼睛里飞出二十个天使
他们吹着淡蓝色泡泡

故事至此告一段落
你歪着头，坐在楼梯上
深夜的灯光温暖

月光下，雪格外的白
压弯高大的松树
你走进雪里，深一脚浅一脚

新落的雪，迅速覆盖了脚印
你走在十三岁的路上
也走在十九岁的路上

他在酒后大哭，念你的名字
雪光里，你旧了，听不见新的声音
那时，圣诞礼物，是一个人坐在树下

你掬一口雪吃进嘴里。十三岁的雪
和二十三岁的雪，在胃里汇合
你是一个有老胃病的人

你不得不去看医生，吃下大把的药
尝试一种又一种的苦。你是病人
得了一种叫做妄想的病

然后，就混淆了年轮
十三岁的雪花一路盛开
跨过高山，游过大河

你一遍遍温习梦境。向上帝祈祷
有蓝色，有光。银铃般的笑声
一串一串落下来，打破镜面

声音嘶哑。二十六岁的冬天没有下雪

他藏身在各处，有时讲故事
有时说话。你看不见

一路奔跑，穿过树林，越过沼泽地
仙女在草地上唱歌。绿色的他一闪而逝
暴雨倾注，你逃，像一只迷路的兔子

仙女收住歌声。你躺在树下
十三岁的雪再次飘落
伤口剧痛，而后，逐一复原

他站在光里。新的光穿透年轮
明亮的依旧明亮，黑的仍旧黑
你张开翅膀，只顾，用力飞

张会勤，安徽人。"80后"诗人。曾在《诗林》《诗歌月刊》《天津诗人》《中国诗》等刊物发表诗歌，有诗入选《21世纪中国最佳诗歌（2001—2011）》《中国网络诗歌选史编》等。

我是一朵格桑花（组诗）

那萨

初见的模样

在你的肌理里埋首，初始的疼痛
像被铁质攻破。冷却怀里的呼吸
我陷在你掏出的原形里，无始无终
等待比毒药更具绝望的潜质，剧痛
划过风声，撩拨我的胸骨

回路，在你的指尖
而我，欢喜如翔舞的蝴蝶
而匍匐的宿命
是还未成就的飞翔

风又从你的魂体里流落
流进我空置的形体
我用你如缎的指法
把自己层层掰开
还原，初见的模样

把目光低下

把目光低下，低到能看到你的掠影
在脚尖的迟疑间停顿，满腹心事
绕过滋生的泥潭，捡起一块石子
投向时空，假装一次事故
让自己疼痛

把目光低下，低到能看到胸口的起伏
再一次地静心，空谷般打坐
把自己放在灵魂的灌木丛
抽一块棱角的木质
凿刻金刚杵的秉性

把目光低下，低到能看到所有路面
看到每一步抬脚的犹豫，悬浮着
被疾风修辞的火焰，照耀山峦与原野的裂纹
用一匹野马披露的疆域
搁浅无需抵达的岸崖

我是一朵格桑花

草原的诱惑
来自心性

直观的慰藉
如裸露的情话
暗红心田

轻叩一层层门窗
通往抵达的路
次第打开

仿若，盛开的格桑花
在爱人的手心里
渐次出世

你是存在的

你是存在的，在我的左臂旁
横批日历，竖读光阴
同享，夏日黄昏

冬日雪野

你是存在的，在我的空阁里
倚着门窗，念一首诗
诵一捆经
做我仰头倒下的草甸

你是存在的，在虚汗的梦里
刻凿前世的场景，夜夜深刻

你是存在的，披着孤独
捧上暖阳，擦肩一个个相似
奔赴空旷

醉　意

一伸手，指尖触到沙滩
一困顿，睡意就贴近阳光
张开喉咙，山谷和溪水
在体内成形，不虚幻
繁殖醉意，绿光密林

万物丛中，我是退去硬壳的虫
大地的手，波浪的唇
都在青涩地幽居
我被爱意绣在
高地的风里

雪线上的你

黑白的记忆里
有你坚守的阵地
无数冷漠的碎石
都在路边次第浅薄

散落的羊群，是天上的牧歌
云端的红晕，更贴近我的遐想

逾越不了钢筋的冷
一缕薄冰，不被容许
融于低洼的池塘

目光在雪线之上
和着，零星戴月的牧人
看星光流云
所有声音里，虫鸣最响亮
所有观望里，目光最轻

而只需一提起你
分明是月光融于草尖的静
却，鼓声四起
分明是清风撩起薄纱的轻
却，看红了一座山

眼　睛

回头，爱意溢满双目
起飞的鹰，低回缠绵
柔软得像婴儿的唇
吹醒一盏油灯，一尊佛的面孔
燃于卷起的发丝里，起风就入槃

掌心的莲花已入定，奏响的音
隔着闹市，闭目就游神
无视的禅意，在交融的目光里
失去了所有戒律

回头，物象在烈日下
化成了供佛的灯
夜里的孩子，没有喧嚣

奔跑中，隐没了一世喘息

十年后，夜在帝都

二十七岁，他的眼泪
来自成长与布达拉宫
阿妈啦的远方，天空还挂着太阳

十年，是一片枫叶的记忆
在帝都，柔进一个季节的内壳

跟着流浪歌手，哼唱《传奇》
在街头，穿过指间的微风
递上清凉

相约三五友人，没有康巴、安多、卫藏
融进来往的人群，也看不到白人、黑人或黄种人

我们，是浓郁夜色里的白话文
用月光审阅
与过去、未来
相遇。

那萨，本名那萨·索样，藏族，20世纪80年代生，青海玉树人。作品散见于《阿曲河》《现代作家文学》《康巴文学》《诗刊》《陕西诗影》《诗林》《诗江南》《先锋诗》《白唇鹿》等刊物。青海省作家协会会员，中国现代作家协会会员，鲁迅文学院第二十期少数民族文学创作班学员。

等到从所有的事物上看见（组诗）

刘梦

飘来了几朵云

飘来了几朵云
把原本就黯淡的日光遮挡得更多
那些林木下有它的影子
一些东西变得清晰了
虽然我更倾向于不能言说的事物

飘来了几朵云，又走了
我的感觉被它唤醒
我想这是因为刚好在这时
一个年轻女人从我面前走过
从她后面我看到
像极了我母亲的背影

饥　饿

我感觉到饥饿。
一个更深处的我在奔跑
她进入黑暗中
猫从阴影里出来
它藏身的地方
挣脱了不安的缝隙

有三个词语不能被说出
分别是粮食、炎热和爱

有三个时辰不能被同时记住
是清晨、黄昏和夜晚
有三件事我们做不到

饥饿让我的欲望变得更深
身体随着欲望悄悄展开
猫抬起爪子，放在门上
一切停止，怀疑滋生
美感从身体进入胃里

我想要咬碎。我贪婪
有时我想要爱
它发生但不比这时更多
我想要的是身体
是皮肤贴着皮肤，是烫伤

还有什么是我无力说出的
尽管这就是我已经见过的一切
也许还有更多，还有，他的眼睛
一个我悄悄走开
而另一个留下

我在我的饥饿中醒来
我温顺的夜里的不眠
这时
我发现
我不能更多靠近于他的现实

零下六度的夜晚

傍晚，天色渐暗，声音渐弱
回声是不存在的
至少现在为止
我摸到的一切都是冰冷
冷想在我的身体里进行得更远

当我躺下时我就失去了高度
晚上，有一瞬间，我的一只手的指甲
划伤了我的另一根手指
伤口向外翻开，像从前的一个
两个达成了和解

梦境除我之外就是实情。我一直以为
梦是真相的瞬间，或瞬间的真相。这样
我从中走出来
我走在去往房间的阶梯上
我什么也没有看见

在梦境中我想要得到的更多
从我回到我，从岩石回到森林
从土地回到自由
从抽烟者的表情上翻涌海水
我是一个盲者。我害怕被自己所伤

那是从前我腿上的温度，那是从前我的脚
它渴望在寂静中游动，卸下一切
一切就重新开始
它渴望灰烬中的声音
渴望演说结束时留下两片不可能的嘴唇

而今天我的双腿在麻木中冷却
我冰冻的四肢围绕着我
没有言语，没有争辩，它们在沉思里低垂
好像一旦等我死去
它们就能在这时从我身上得到偿还我的轻松

夜

在这个夜晚我不想睡觉
我醒着
和不完全的风

和虫鸣在
夜下的缝隙

我站在窗前
对着窗台哈气
我听见那声音又来了
我身上起疙瘩
我手掌里有水

我踱着步子
我想关心一个我看不见的人
我想对每一个人
都报以深切的问候
我想他们都是好的
我希望人们都比我要好

耐　心

上午我等着时间流逝
等着再响起一声鸟的叫喊
等着心从心脏剥离的时刻。

等着激情消退时
站在窗前
看着落叶纷飞
心绪安宁。

等着茶水从我手上烫伤的时间静止
伤疤尽褪，复原
等他红色的血液变深

等着那无谓的深情
从胸口涌起
而转瞬即逝的真实停留下来
与我同坐。等我与我。

等回忆从幽深的夜色里闪现
玫瑰在黄昏的金黄中绽放

光线就是香气。而香气在我心里
形成梦境
梦境又形成时间。

等被遗忘的人再次遗忘
消失的人重新消失
等我离开自己以后多么遥远

等着直到从所有的事物上看见
出现你的目光，而这一切对我来说
都需要无限的耐心。

刘梦，本名刘梦梦，曾用名抵御系，1990 年出生于河南，自由职业。

雪一片一片地落了下来（组诗）

禾吟汐

回　声

想起你时
我是笑着的
如同一个手握菩提即将死去的人
周围布满宁静的虚空

我有一点儿想你了
就　丁点儿
好像回声
看不到形状
只是无处不在地萦绕

梦醒时分

打开一个梦
是为了走进一间屋子
结束另一场梦的追捕

我看见
一株破土而出的芽儿
在这个春天里夭折

而后
更多的春天
开在梦醒时分

归　宿

终于，所有的雨
都在应该落下的位置里落下了
不管倾斜，还是竖直

它们对那个一直仰天的呆子
说：
“雨只落在雨里
我就是我的归宿”

所有的雨，都应该是落在夜里的

所有的雨，都应该是落在夜里的
如同我稠密
冰凉的小小心思
我听着它们在夜里降落的声音

滴答滴答
落下了，落下了……
降落一点，就腾空一点
慢慢地我变轻了

像一朵云
升腾在你的头顶
展开洁白的微笑

梦

我知道是梦总要醒的
那就把这个梦再拉长点

梦醒时
大雪覆盖着天地

我们都已在洁白的包裹中
入眠

你看不到我
我也不会去找你

就这样
雪一片一片地落了下来……

长不大的孩子

长不大的孩子还是长大了
你听，她总在说如果这样
假使那样
这或许意味着她真的长大了
曾经的曾经

被爱与爱

我的心里明明疯草般长满了爱
可是我却总是来不及
又或者太吝啬
不肯多分一点给自己

我把自己驻扎在连自己都看不到的地方
糊里糊涂地把自己遗忘
从什么时候起
就这样忽地长成了一个倔强
而来不及被自己喜欢的姑娘

那又有什么法子呢？
那就努力地去爱别人吧
去爱这个比爱更宽广、更自由的世界
去温柔地对待每一座山川与河流

路边那不知名的小草，我也俯身对它微笑

直到某一天生命尽头的时候
我想
我应当依然可以在一片清澈的阳光下
宁静满足地回首
回首自己的一生
至少，至少在被爱与爱中
我不是一无所有

河

河水在缓慢地低声诉说
它老了
风一吹，河面便泛起褶皱来

当某一天
我离去
也许会更加明确一条河流存在过的意义

仰　望

和我一起仰望幸福吧，亲爱
趁着这个秋天最后的叶子还没凋零
我们紧握那点枫红
在一无所有的寒冷中仰望满满的幸福

看一把火，如何
偷掉漫天的星
在烧

就让我的孤独轻轻放下你的孤独
就让你的孤独慢慢依偎我的孤独
在局促、庸常而又寒冷的日子里

用最简单、最温暖的方式

就这样明亮了
整个夜空

禾吟汐，原名李鑫，1988 年生于辽宁辽阳，曾就读于辽宁文学院第二届中青年作家高研班，现居大连。

存在、孤独与爱的诗意

刘波

真正有傲骨的花，多是在孤独中绽放。她们并不是要争奇斗艳，而是要释放内心的自由、善意与美。诗歌之花属于这个时代独行的异数，她们分散各处，持守着或短暂或长久的文学理想，不时地与我们分享属于语言的荣耀。那些“80 后”与“90 后”女诗人，作为精灵般的存在，她们将所有的疑惑、痛苦和呓语，都融入到了与人生的对话里：她们凭借共同的兴趣聚焦于诗的中心，以爱和孤独的名义向外界辐射某种力量与美感。如果我们愿意以审视的眼光来看待她们，当可领略到各自写作的丰富与精彩，这是她们以柔克刚的世界里最生动的一笔。

从六位年轻女诗人的作品中，我们能读到什么微言大义？一时很难说清。但她们有着共同之点，即在自我世界中的孤独与撕裂，皆因女诗人的敏感与细腻所致。然而，她们分明又有着各自的个性，或忧郁，或热烈，或激越，或纯粹，或昂扬，或沉静，或如童话，或似悲剧。她们都试图在现代的意义上寻求自己的诗性空间，虽然方式不同，但最后都归结于为人生的写作。诗人将自己置放于天地间，并不是要刻意接受拷问，她们所体验到的一切，皆可在诗性的语言系统里获得反映和观照。当然，我也看到了一些人的分裂，这种两面性如同秘密，不随便示人，但又确实存在，她们时刻都必须面对。就像康雪所写：“有可能。谁都不是完整的/你的一部分在这里工作。你的另一部分/却活在一只野兽上”（《我以为你是这样以为的》），这虽然只是诗人的一家之言，却道出了很多人的生存现实。在生活态度上这可能是一个悖论，但在人生的意义上，它又是无法规避的一种存在疑难。没有这样的疑难，可能也就没有那些令人感喟的诗意了。人生的吊诡之处，就在那历史与现实的不断循环里。

也许是出于无意，几位诗人不约而同地写到了孤独，这不一定是这代人所普遍遭遇的人生状态，但孤独感的如影随形，是她们在诗歌写作里最真切的现实。越是独处，孤独感越强烈，“除了寂静，没有什么/是不能承受的。我只坦诚这热烈的孤独”（康雪《我又一次路过她的墓碑》），“我总在这个时候/体会饥饿、寒冷与未知的/孤独”（康雪《寂静之外》）。孤独是一种情绪，可又有多少人能洒脱地超越呢？它根植于模糊的记忆和日渐碎片化的凡俗人生，“你是存在的，披着孤独/捧上暖阳，擦肩一个个相似/奔赴空旷”（那萨《你是存在的》）。诗中的孤独之感，最终会上升到哲思的高度，它成了诗人人文情怀的一个面向，这并不是单纯的浪漫，而是更显复杂性的一种人生质感。只有将孤独化解为生活的一部分，并以此来对抗平庸，方可真正理解孤独的意义。“我喜欢这种文学家的魔术 / 喜欢他们亲近生活，又立于生活之上 / 就像我喜欢孤独 / 只因那不是真的孤独”（余洁玉《孤独把我集合成一束光》），孤独在此就是一种体验，它呈现为更自然的心绪。“夜晚的安静让人孤独。冷，痛 / 一寸一寸，从脚底蔓延”（张会勤《旧梦》），孤独有时也可能是我们的一种本能，它是属于身体的，这种反应里有着更大的言说空间。就像年轻人声称孤独，在阅历丰富者那里总被解读成“为赋新辞强说愁”的幽怨，其实，孤独作为人的一种存在方式，它不完全是矫情的，它带来的启示，或许更有助于我们对生活本身的认知。

一个人在孤独的世界游走，面对悲欢离合时总要去寻找出口，去找到面对这个残缺世界的路径，因为此时孤独，就永远孤独。唯有爱，能替我们不以怨恨的眼光对待这个时代，我也在这些女诗人的诗中读到了除孤独之外最柔软的爱意，这就是对“以柔克刚”的现实呼应。孤独可能是一种对抗，而爱也并非就是和解，它只是在生活的层面上引导我们如何理解人生的细部。当然，这种爱更多时候是小爱，它包含着亲情、友谊和自我眷念。“回头，爱意溢满双目 / 起飞的鹰，低回缠绵 / 柔软得像婴儿的唇 / 吹醒一盏油灯，一尊佛的面孔 / 燃干卷起的发丝里，起风就入槃”（那萨《眼睛》），这种神佛之爱，可能带有浓郁的宗教色彩，但它同时也对接了世俗的生活，因此更显出力量感。诗人以诗的形式来言说爱，这应是惯常的视角，而一旦缺少节制，就很容易滑向滥情。年轻诗人们大都以更内敛的语言来表达自己的爱，这样的控制当能显示出爱的从容。爱不是激进的反抗，它是个体用心的内在尺度，我们用爱来检验自己的人生，则能看出何为真正的生命思索。尤其是在个人与自然万物相遇时，那种莫名的爱意会油然而生，它没有体现为某种具体的现实之爱，哪怕就是一个眼神，一束光亮，也能软化我们的心灵，让我们汇聚于这“爱的时刻”。由自我之爱到大爱、博爱，这种转变会自然地发生在那些看似孤独的人身上，让她们的爱通向平和与温情。“我想对每一个人 / 都报以深切的问候 / 我想他们都是好的 / 我希望人们都比我要好”（刘梦《夜》），这最朴素的言辞，或许是我们最难以说出的，生命的开放性，就在于这种对爱的包容。“我的心里明明疯草般长满了爱 / 可是我却总是来不及 / 又或者太吝啬 / 不肯多分一点给自己 // 我把自己驻扎在连自己都看不到的地方 / 糊里糊涂地把自己遗忘 / 从什么时候起 / 就这样忽地长成了一个倔强 / 而来不及被自己喜欢的姑娘 // 那又有什么法子呢？ / 那就努力地去爱别人吧 / 去爱这个比爱更宽广、更自由的世界”（禾吟汐《被爱与爱》），这是爱的大气象，虽然显得有些理想主义，甚至可能还会通向虚无之境，但它隐藏在诗人的内心，并以这种方式为我们所知，自然就让人有了信任感。有信任感的爱，才可被还原，被定格为人生永恒的追求。

在很多人看来，爱是自私的，它难道不求回报吗？我们对爱的响应，需要一双致力于发现的眼睛，发现生活中每一个角落里所隐秘存在的故事，当我们与之偶遇时，也可能会从中体悟到爱的微妙。爱与孤独，是女诗人们钟爱的主题。“我总是独自一人 / 被孤独收买，在灯下搬弄文字”（余洁玉《从那以后》），这正是令其他人感觉共鸣之处。她们各自的诗歌之旅可能有着相同的路径，虽然不乏孤独，但也有深刻反思的时候：“一小粒灰尘搅得我心神不宁 / 睁开眼睛就是白色的水源 / 就是天空沉重的雾霾 / 就是工厂里的爆炸 // 而我却用同样的技术 / 污染了我的文字”（余洁玉《一小粒灰尘》），这种内醒虽是一种自我要求的结果，但终究是须放下，就像放下孤独。“就让我的孤独轻轻放下你的孤独 / 就让你的孤独慢慢依偎我的孤独 / 在局促、庸常而又寒冷的日子里 / 用最简单、最温暖的方式”（禾吟汐《仰望》），时间之流在我们的生活中留下了印迹，最后，诗人们还是要回到内心，回到本真的人生思考，真正将爱与孤独置放在历史中，寄托在现实里。

人生的价值，有时可能就在于呈现。不管女诗人们所书写的是日常的梦幻，还是更残酷的人生，她们总是要在爱的名义下去迎接花朵所绽放的绚丽与灿烂。诗之隐喻就在这孤独与爱的命题里被反复言说、发酵，最后也会醇成为人生书写的美酒，那是我们作为读者与诗人们共同追求的境界。

刘波，1978 年生于湖北荆门，毕业于南开大学中文系，文学博士，现为三峡大学文学与传媒学院副教授，硕士生导师，北京师范大学博士后。在《南方文坛》《当代作家评论》《当代文坛》《扬子江评论》《诗刊》《山花》《大家》《人民日报》《光明日报》《文艺报》等报刊发表文学评论共计百余篇，部分文章被《人大复印资料》等全文转载。出版学术专著《“第三代”诗歌研究》《当代诗坛“刀锋”透视》等，获湖北省第八届、第九届文艺评论奖，第五届红岩文学奖批评奖，2015 年“后天”批评奖等。

SCULPTURE
POETRY APPRECIATION

李小洛

20 世纪 70 年代初生于陕西安康，学医，绘画。曾参加第 22 届青春诗会，就读第 7 届鲁迅文学院高研班，获第四届华文青年诗人奖、郭沫若诗歌奖、柳青文学奖。当选“新世纪十佳青年女诗人”、“中国当代十大杰出青年诗人”、“陕西省百名青年文学艺术家”。首都师范大学 2006 年度驻校诗人。陕西文学院签约作家。安康市文联副主席，安康市作协副主席。著有诗集《偏爱》《偏与爱》，随笔集《两个字》，书画集《水墨系》等。

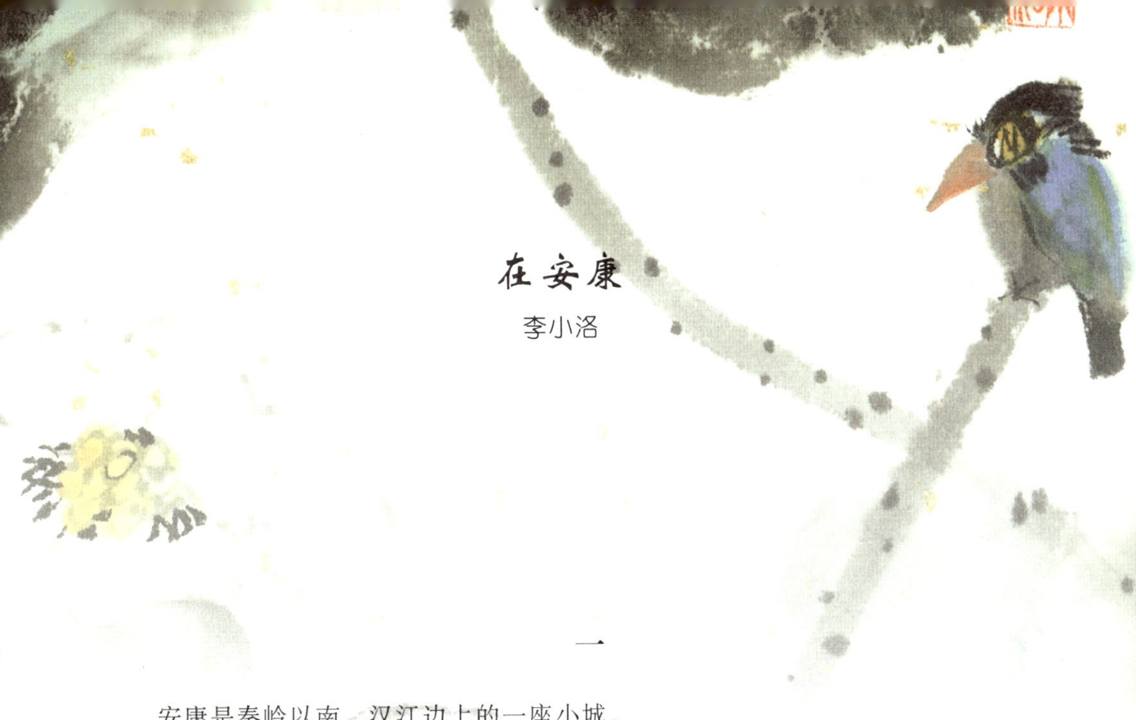

在安康

李小洛

一

安康是秦岭以南，汉江边上的一座小城。

每天，穿行在这里，不必“跑得比闪电还快”，也不必担忧“生活在别处”。从东到西，不过大半小时的路程。很多年，我和我的诗歌就这样诗意地栖居。

五岁前，我也许还是个问题儿童。孤僻、冷漠，没有兄弟姐妹，也不和同龄的伙伴玩，更多的时候愿意自己一个人待在一个光线暗、没有风的角落里倾听大人们说话。大人们说话的时候嘴巴一张一合，脸上丰富的表情和神秘语码，犹如午后白亮的太阳在苍绿的水草间游走，又像是一群小矮人在跳舞。我就那样安静地看着他们，像尘埃里一粒安静的灰尘，或一枚九月沙棘上刺须的小阴影。

夏天的时候，去城外郊区的水塘，一个人蹲在葱茏、茂密、高大的苇草丛下看那些会吸血的蚂蟥。虽然祖母曾经告诫过我，水塘边是不能去的，那里有水鬼，每年都要淹死人，那些淹死的人变成水鬼后就要被罚坐在水牢里，直到把另外一个人拉下去当了他的替身，魂魄才可以超生。祖母说，蚂蟥就是那些水鬼变的，它钻进小孩的身体里去，从脚趾头开始，一直往上钻，最后钻到人的心脏，把人全身的血吸干，这个人也就死了。

可我的好奇心总在驱使着我也迷惑着我。

趁大人们不留意的时候，我还是偷偷地从后门溜出去，去看那些软骨头的鬼，看他们到底用什么样的把戏来击败人类。那些蚂蟥们在水里像一条细小的波纹一样，一扭一瘸地蠕动着，有时候笨拙地游到岸边，爬上岸边的泥沼，全部伸展开来的长度也不及一条蚯蚓的十分之一，我看不出它们有多神奇的力量。有时候，一只前来喝水的鸭子大大咧咧走过来，无意间踩住了其中一条，它就会疼得满地翻滚，可除了挣扎还是挣扎。

我开始怀疑大人们说的话。大人们看来也并不是都是对的。可他们为什么总是喜欢编造一些谎言来恫吓小孩子和他们自己呢？就像那些诗歌一样。他们是不是在忽视自己的同时也忽略了小孩子的内心？有时候，我也很想把心里想的这一切说给大人们听，可是后来我就不相信他们了。我把自己心里的这一切开始记下来，等待着将来有一天自己也有了孩子说给他们听，或者是说给那些真正热爱诗歌的诗人们听。

有一年，我开始变得叛逆，冷漠，甚至自闭，幸福和快乐总是来得迅速也去得迅速，往往在大家都很热闹的时候，我很突然就没精打采起来。小孩子们都在人群中尖叫，奔跑，疯闹，我却像一只小蚂蚁一样，心不在焉，神思恍惚，目光游离，木讷地望着正前方，心思不知道远到哪里去了。

二

5 岁的一天，我被妈妈带去她任教的小学。

第一天下课，没有接受新同学的邀请和她们一起去玩猫抓老鼠的游戏，我坐在自己的座位上用新买的方格纸给祖母写信，在信里，我告诉祖母，我想她，我不喜欢新学校。也不喜欢很多的新同学，可要是不上学的话，就会不认识字，长大了赚不到很多的钱，到她老的时候，就没钱买很多的丫鬟来伺候她。

收到我信的老祖母后来果真活到了很老，83 岁，无疾而终。但在她最后的几年，她老糊涂了，常常认错人，把张三的帽子戴在李四的头上，还埋怨人家高傲。唯一能记住名字就是我。那年中秋节前夕，听说我要回去看她，很高兴，忙里忙外地指挥人提前为我收拾床铺，后来，大概是有点累了，二妈就端了把椅子出来，让她坐在窗户下晒太阳，于是她怀里抱着她的猫，一边摸着猫的脑袋，一边脸上微笑着，摸着摸着，手就耷拉了下来。

那之后我也毕业了，工作了。在一家医院的妇产科里待着，把一些小孩子迎接到这个世界上来。整整十年，不记得给这个世界迎来了多少新的生命，输送了多少嫩绿的种子，更多的生死的无常却被我忘记了。我厌倦了和死神的交战，厌倦了每天每天周而复始睁开眼睛就看得见的生的浓烈，死的阴影，刺目的血，冰冷的手术刀。大风之夜，和在手中陡然熄灭的像诗歌一样的灯盏。

后来，我终于离开了妇产科，去了报社。 如今的每天清晨，我在安康这座小城的某一处高楼里慢慢醒来后，慢慢地起床，叠被，刷牙，洗脸，穿鞋，出门，下楼，慢慢地把自己投放到大街上穿梭往来的车流人流当中，桃色的宽边墨镜和慢慢退后的风景在缓缓后退的镜里像一幅暧昧而抽象的画。

行走，或者停留，对我来说，都是一样的混沌。

三

每天晚上，我很晚才睡下。在房间里喝酒、发呆、写诗。不知道要等

待什么，也不知道那个迟早要出现会前来敲门的人是谁。或许我从来就什么都不等。我只是要这样：“慢慢地说话，慢慢地喝着杯子里的清水，等冰雪融化，和那些迟早要开的花朵。慢慢地坐在田野上，看比我更快的蜗牛们沿着一些时光的轨道上爬行，让一切因果慢慢地发生和循环。”对于这一切，我不比哪一个安康人更明白。

走在路上的时候，我低头去看那些昆虫、乌云的影子、大风的印迹、一片纸屑、一片落在路边的树叶、一朵花瓣、一只正在搬家的蚂蚁、一行庄稼、一粒发霉的种子，我都觉得那是在看我自己。

登上城堤，可以看见郊外的田野，城南城北大片的土地。田野里忙着拔草种地的农夫，从土地的一头走到另一头。裸露的脊背在太阳下，晒出古铜的色泽，汗水从脸上掉下来，掉到锃亮的犁铧上，印出斑斑点点的盐渍。

更远的地方是一条老街，街道两旁非字形排列着许多灰黑的老瓦房。一家老字号的店铺里一个正忙着逢制寿衣的老裁缝，他喜欢在太阳下山的时候抬头看看天色，也许是和我一样，也看见了正在天空上飞着的一只乌鸦，扇动着疲惫的翅膀，越过火葬场高大烟囱里冒出的白烟，背着一个灵魂沉重的躯体，慢慢从洼地、山冈、桑树的枝条上掠过。

露水厚重的清晨，我坐在窗前写信，用那些分行的文字。

这是我一生都愿意干的一件事。这些信里我会反复地提到早晨，提到安康，提到刚刚升起的太阳拨开了清晨的乌云，提到大街上、橱窗玻璃里映出的我棉布衣裙上的花朵，提到邮电大楼里忙出忙进的穿着绿色制服的邮差。也提到火车站的候车大厅那些满面倦容的旅客和他们鼓囊囊的行李，他们在肮脏的长条椅上坐下来，短暂地停顿、安歇，尔后有的往南有的往北；狭长的进站口就像是一个表情机械的分流器，分检着他们人生的去向。一列火车开了过来在站台上放下了一些邮件，然后又轰隆轰隆地往前开走了，轰隆轰隆地往北方开走了。奔向他们一生也走不完的隧道的黑。

南环路上有很多卖鱼虫的小店，周末的时候，我会一家一家挨着，推开

门进去，在那些鱼缸，玻璃，镜子面前，停下来，看一看自己，看一看玻璃缸里某一条躺在淤泥里大口喘气的金鱼，看着水草从它的身边和水泡上升，它使劲地呼吸，直到最后终于在淤泥里躺下了，不再游动，一些漂亮的红嘴巴从它的身边游过去。漂亮的长睫毛也游了过去。它还是那么安静地躺着，看看她们，也看着我，看我淡淡地如此盯着它，盯着世界的眼神。

我看着一条鱼，一条鱼也看着我，我们就在这样执着的对视中，不知不觉走完了夏天、秋天，进入一年里最漫长的冬季。冬天的夜晚，我像一颗小个子的蚕豆蜷缩在床铺的左边，占据黑夜里最小的位置。有时候，看一本放在枕边的书。有时候，干脆从被窝里爬起来，打开房门走出去，走到大街上，穿过一片建筑工地，来到广场中央，站在还没完全竣工的雕塑群面前，听北风经过城市的上空，发出的呜呜的哭声。感觉自己就像是一只被人类领养的小苍蝇，或者一块孤独的药棉，住在城市的伤口上。

四

油菜花开的时候，有蜜蜂从南方来，提着他们的小篮子开始一年的忙碌，陵园路的树叶慢慢泛青。夏天不到，街上的女孩子就已早早地穿起了吊带裙，穿过长长的步行街，陵园路有新上市的丝绸，不远处那些卖农药和谷种的小店，他们也在为生长忙碌着。

但我路过时，只会习惯性朝那些乞丐站立的地方看上一眼。他们中间有一个其实早就不在那里了，去年冬天最冷的时候，他就死了。一根枯瘦的火柴棍，燃尽了，熄灭了，化成了灰烬。但他在这条街道上乞讨了几十年，我总是感到他依然在那里睡着。因为这条街上，只有他才是我最感兴趣的景象。在其他的更多的时候，行走，对我来说，都是毫无意义，漫无目的的。当春天又一次来临，山前岭后开满了桃花，春风吹过的时候，我只会感觉自己又耗掉了一年。我的双手早已够不着树上嫩绿的树叶，也不能抽打春天，给春天疼痛了。

十里香
甲午秋月 小洛

就像我的父亲一样。

我的商人父亲对我的期望一直很大，他可能是想把我当成一个男孩来养，还试图把我培养成一个优秀的画家，或救死扶伤的名医，我顺着他的话去做，但最后总是很无趣。2002年，他离开了。在那个早春里，一个最寒冷的日子，他越过生命的黑白界线，用了不到10分钟的时间，就走完他人生最后的里程。护送父亲的灵车从崎岖蜿蜒的山道上一路驶过，去他下葬的墓地，我成了最后一个人。那一天，在往年应该开满紫花的山坡上，取而代之的是满天满地狂生狂放的桐花和刺槐，花穗的繁重，累累从枝头上垂下来，垂过低矮的荒草，一直落到黝黑的苔藓上。像大地的眼泪。

有人说，人是有灵魂的。我相信。也相信父亲的灵魂一定还停留在这世界的某一片天空，或者和别的什么人住在了一起。这个想法，让我患上严重的失眠症。我变得越来越小心，越来越敏感，惶恐，不安，忐忑得像只耗子，夜里不敢开窗，睡觉时也不敢把头露在外面，有时候连听到大街上行人大点声的咳嗽，或是一只猫从身后悄悄溜过去，也会突然惊出一身寒冷，手脚冰凉。有时候无缘无故怀疑自己的耳朵，怀疑耳朵里听到的响声是种错觉，把一种声音听成了另外的一种声音。

七月的雨夜里，我一个人坐在客厅的沙发上，听着外面倾盆的大雨砸在楼顶上，家人熟睡了，

屋子里大大小小的灯也都暗下来，我伸出手，却碰触不到任何一个边缘。雨没有停下来，所有的人，都不知道我此刻还没入睡，不知道黑夜里还有一缕如此卑微的灵魂。

这样的境状一直持续到第二年的秋天，那之后，我开始把注意力集中起来，写好我的诗歌。在狭小拥挤灰暗的小屋里，我坐在藤条的椅子上反复地端详着这些诗歌和诗歌中每一张熟悉而又陌生的面孔，迷茫、冲动，像一条刚刚从冬眠中苏醒的蛇。

已经停不下来了。我常常感觉身后就好像有一种巨大的力量，巨大的人潮和风，在不断地涌来，他们裹挟着我，不停地向前推进，像一台开过春天的推土机一样，巨大的牙齿啃住破碎的大地，一直要朝流火的夏天开去。已经停不下来了。也不能中途停下来，如果像一棵简单的树那样停在路边，那些人群、车辆、推土机，就会从我的头顶、我的身体、房屋上狠狠地碾过去。所以我只能跟着这股力量不停地走下去。

有一天，累了，我裙子上的花朵也累了，凋零了，我就停下来，像一个巨大的湖泊那样，在这个世界停下来。

从你那里过来的这些雨（组诗）

李小洛

傍晚的时候

傍晚的时候，我离开了一群
上山的伙伴
一个人，去了山谷
一条只有荒草和石头的山谷
我沿着人们走过的那条小路
让自己安静下来
安静得像块巨大的尘土

天色越来越暗，越来越黑
风从低处吹来，吹过
那些荒草，吹动了
我的衣襟
在这个时候，我突然有一些恐惧
一些寒冷和失望
就学着松树的样子
对着天空三击掌

可是一直等到后来
深夜了
等到又一个清晨出现了
也还是没有听到那个返回的声音
在我的耳畔吹响

告诉你

告诉你，我不快乐
很多年前就开始了
我有少年的忧郁
童年的孤独
娘胎里的孤僻
我从小就是个不够健康的病孩子
我不是一只君子兰
不能长在你家的花盆里
放在客厅里
人来人往的世界里
我只是一朵野菊花
一朵九月的菊花
药铺里的一味
可以清肺的中草药

这个冬天不太冷

这个冬天不太冷
广场上的雕塑还没有竣工
我从一扇关闭已久的门里走出来
穿过了这个热火朝天劳动的场景

这个冬天不太冷，箱子里的啤酒
还剩下了最后两瓶
我靠在刚刚燃起的
炉火边，慢慢地喝着它们
我像担心着一场早已开始的宴席
担心一些人会提前走掉，而不忍
把杯子里的酒，一饮而空

这个冬天，风经过琴键时
发出了呜呜的哭声。补丁在天空上
像一些飘浮的云。我站在夜晚的中央
像一只被人类领养的小苍蝇
像孤独的药棉住在人民的伤口中

每天晚上，我是那么晚地睡下
是那么早地醒来
我是那么深地思念着，一个
躲起来，让人找不到的人
啊，那个荒凉、遥远、面孔模糊
迟早要来敲门的人

从你那里过来的这些雨

昨天晚上还下在你那里的这些雨
今天就来到了这个城市
像是紧走慢走赶了一夜
一大早就敲开了我的房门
在看见它们的那一瞬
我有些吃惊
提速以后的火车也没有这么快啊
两个翅膀的飞机也没有这么快啊
它们是坐着什么来的呢
它们一下子，就从高山、河流
几千里之外的地方跨了过来
一下子就来到了我的眼前
它们过来，摸摸我的脸、我的耳朵
我的裙子、我裸露在空气里凉凉的
小腿和手臂
它们说着它们的情话
不停地告诉我，它们
都是一路从你那里下过来的

花絮

Calibri
Poetry appreciation

草人儿

满族

生于辽宁兴城

现居甘肃兰州

中国作家协会会员

20世纪80年代末开始诗歌写作

鲁迅文学院

第12期少数民族文学班学员

作品入选多种诗歌选本和年度诗选

获第二届黄河文学奖

甘肃省第五届少数民族文学奖等奖项

苏笑嫣

蒙古族

中国作家协会会员

在《诗刊》《人民文学》

《民族文学》等发表作品

入选《中国诗歌年选》

《中国诗歌精选》《中国年度诗歌》

《中国最佳诗歌》等年度选本

著有文集《蓝色的，是海》

长篇小说《外省娃娃》

《终与自己相遇》

长篇童话《紫贝天葵》

诗集《脊背上的花》

曾获《诗选刊》中国年度先锋诗歌奖

《黄河文学》首届双年奖新人奖

《西北军事文学》年度优秀诗人奖等

你在我的注视里

草人儿

邀请女儿泡吧

女儿十一岁那年，上小学五年级，我带她去有点著名的五泉山游玩。

之所以说有点著名，是因为西汉年间，骠骑将军霍去病率领骑兵奉武帝之命征讨河西走廊一带的匈奴，途经兰州，扎营皋兰山脚下，兵马劳顿，又饥又渴，将军拿起马鞭，直戳山体，霎时，泉水便从山坡上喷薄而出，名曰蒙泉、惠泉、掬月泉、摸子泉、甘露泉。

五泉山翠色欲流，又是佛教圣地，有一卧佛，长达 28 米。

游山品茶，下山时已有几分暮色。

山下有一些画家正在为失学儿童捐款作画，我和女儿流连在各位画家之间，最后一位颇有风度的女画家的小画吸引了我们，浓淡相宜的笔墨勾勒出三两片叶子，看似有点柔弱的茎秆上悬着一个淡红的葫芦，画面简洁，轻松。我们购买了此幅小画，可能就因了这份轻松的画面感。

我美丽的女儿与美丽的女画家拍照，拿走小画，我们的心情是愉悦的。

五泉山下广场，正东方有一处酒吧——越野车吧，是各路越野爱好者的俱乐部，我突发奇想，想带这个小女孩泡一次吧。

这个车吧我来过很多次，大凡我认为有品位的近朋远友，我都邀请来过这个车吧品茶，喝酒。吧里的摆设，用严歌苓一篇散文的语言形容，特波西米亚。

自然的红砖墙面，裸露着纯粹的美，墙面上挂着旧军壶、军号，钉着一件旧军衣或者一件颇有派的 T 恤；一个野外旅行偶得的牛骨头，用

红绸绑了挂在一角；古朴而自然的粗木随意钉出的艺术框，悬挂着爱好者远行时拍的风景照；一辆越野车四周随意地站着远行的人们，穿得红红绿绿的，很是让人羡慕；也有远行时与当地人的合影，无不透露着这个车吧的人文精神——超越自我，挑战极限。

红砖墙角，放着一个古香古色的小角柜，柜子上有一件翠绿的瓷器，是一女子的斜大襟短衫，金黄花彩的边，袖子宽阔，有清朝格格服饰之韵味。

隔离的屏风也是老货，打着窗格的图案，让人联想到旧时的窗户。贴着梅兰梅竹菊宣纸，透着文雅的古风。

粗木桌子，三米多长，桌面光滑，偶尔的粗木结清晰可见；条型桌子摆成三排，扁窄的长条四脚凳也整齐地排成一排，这种摆放的形式，常常会让我的脑海里浮现凡·高的一幅油画《吃土豆的人》或者某位西洋派画家的一幅画。也会想一下诗人人邻先生的散文——这时推门出去，一地阳光。

一辆废旧的越野车摆放在正墙面下。

车吧里所有的照明灯是用一根细绳从天上吊下来的，灯罩选用老式的浅淡的亚麻布裹成的一个圆柱筒，灯的光芒便会慢悠悠地柔和地优美地抵近你。

坐在这样的灯光下，你会想象你就是写作《哈利·波特》的那个女作家，在酒吧里不停地写啊写。或者，你就是一个无忧而快乐的小孩，一家人围坐在一盏25瓦的灯泡下，吃着简单的饭菜，祥和而宁静。

音乐轻柔，从酒吧的各个角落款款而出，这份柔美中，你可以走向一排摆放图书的实木框架，四五层的分栏里放着远行者的影集，各种地理杂志，旅游画刊。你可以随意地翻看远行者从不同的地域，山川、河流、沙漠处拍的照片。也可选一本书坐下来读。

读书，品茶，看窗外夕阳远远地从天边来，再远远地一秒一秒把你

拉近夜色。

你还可以在这里忧伤，比夕阳低一点的忧伤，慢慢地举起心头的小情绪，再慢慢地放下去。

这里是波西米亚的，感伤，怀旧，复古。而又极尽挑战的美。

卫生间的镜面上贴着各种小画，新颖而随意。有一张字条吸引了我：“十一”长假去西藏，有意者请联系，电话 ×××。我的心便加速跳动了一下，两下。

我给女儿要了爆米花，在这个优雅的环境中，很自然地聊了几位艺术家，凡·高，高更，孩子们喜欢的《哈利·波特》的女作家的写作趣闻，兰州诗人人邻，台湾女作家三毛。三毛在撒哈拉大沙漠里和荷西建立自己小家时，她妈妈从台湾寄给她的麻质布灯罩，大概就是车吧里这样的柔美吧。顺便也有几分怀旧地提了一下我这个叫草人儿妈妈的一句诗：“我和你隔着四个方格的距离，我在一页纸中穿行。”这行诗句就是在这间酒吧里酝酿而出的。

我的女儿坐在一个高高的三角皮椅上，双手伏在木质的吧台上，她还不太能很自如地喝一杯饮料，它看着琳琅满目的酒水，从眼神看，她是拒绝的。

但是，我相信有一天她会要一杯酒，有滋有味地品完它。

一杯酒，在一个特波西米亚的酒吧。

一个有品位的女儿，一个精神有独立的女儿，我在想！

一个孩子的长大

1

期末考试前一天，我帮女儿复习了字词，坐在餐桌边之后，想了想，

我又给她押了一道作文题。我说，这次作文可能是写人物，如果写，就写你们老师，我甚至口授：我最喜欢我们L老师了，她的脸圆圆的，头发齐齐的，可漂亮了……我还补充，写事迹的时候就写有一次你生病了，老师走到你跟前，用手摸了一下你的头，有点烫，让你去医院看，你和爸爸在去医院的路上，你感到额头上仿佛还留着老师的体温，想到老师的关心你很温暖。

第二天，中午考完试，我去接她（应她要求，她的理由是，考试的时候他们班杜岩中午就被接回家，不去小饭桌），我问她，考的什么题目？“我最喜欢的人。”

“你写的谁？”

“我写的妈妈。”

“妈妈昨天不是给你押了题，让你写老师吗？”

“可是题目是我最喜欢的人，我最喜欢妈妈。”

我被感动得不能自持。

回家的路上，我一直在心里自责，平时学习的时候，因为她的动作太慢，我会语言过激，甚至打她的小屁股，弹琴的时候她手型不规范，我会打她的小手。我内疚，自责得不能自已，一边内心忏悔，一边低了头去亲她肉嘟嘟的小脸蛋。

回到家，换了拖鞋，我不放心地再问：“你写妈妈，写好了没有？”我女儿站在沙发的旁边，很自信地说，“写得可好了，像个新妈妈！”

2

亚欧商厦，是一个很气派的大商场，但是离我们家很远，我们单位发了购物卡，我一拖再拖，终于快到期了，把小女儿从寒假作文班里接出来，乘上59路车去消费。上车的时候，我主动打了卡，两个人的，并且坐定后，亲了一下她的小脸说：“我帮你打卡了，祝贺你，你长高了，已经超过一米二了。”

路途应该算有点远，我和她商量，下了车我们先吃饭吧，我都有点饿了。她说吃肯德基，我不太主张吃这垃圾食品，她的理由是：“你想让我们送的票作废吗？”她去年过生日的时候，肯德基店送了一套每月可领一份食品的小券，但必须是在购买儿童套餐的时候使用。她说，她要儿童套餐。我只好妥协。

下了车，我不自觉地问，肯德基店在哪儿，我怎么没印象？

她说：“你在这个世界上待了这么多年，你应该对这个世界很了解了吧！”语气肯定。“我才待了八年！”

3

女儿五岁的时候，我送她去一所叫做卡普兰的芭蕾舞班学习，一个班大约二十几名学员。从舞蹈班出来，加上接孩子的家长，电梯总是很拥挤。有一次，我们站在电梯里，人挤人，小小的她被挤在大人的大腿根下，突然说：“妈妈，电梯吃得太饱了。”

4

上幼儿园的时候，女儿就开始学钢琴了。师从兰州顶尖教授。因为上幼儿园，我会提前接她回家练琴。有一天，我和女儿正在练琴，幼儿园老师打来电话，让我们家长第二天给孩子穿上班服，去拍一张毕业照。我把这个消息告诉女儿，她坐在钢琴凳上，凳子上垫着厚厚的书，她按着自己的小胸口，激动地说：“真的吗，妈妈，我的心在跳舞！”

她用了“心在跳舞”这个超诗人的语言。

唯有孤独恒常如新

苏笑嫣

第一次睁开眼的时候，房间里光线昏暗，依稀听到水滴答的声音，也并没有在意，想着就算是窗帘的遮蔽，光线昏暗至此，大概时间尚早，很快又睡过去。再次醒来的时候，却发现房间依然没有往日的明亮，前一晚一个人喝掉太多的白兰地，趴着吐的时候间歇蹲在地上险些在卫生间睡过去，现下头依然昏昏沉沉，有微微的撕扯般的痛感。起身拉开窗帘，原来正在下雨，此时已是上午十点左右。

果然是春天了，这是今年的第一场春雨，我站在窗前有些恍惚，在16楼的高处，一格玻璃窗里，赤着脚，就这么呆呆站着，然后推开唯一可以打开的窗子。带着雨水的潮湿空气扑面而来，风吹偏雨线的弧度，这风声雨味，有种直入肺腑的清澈凉意。

雨水清冷而掷地有声，海棠和迎春在清圆水泽中显得矜贵，掉落的玉兰花瓣有镇定凄艳的荼蘼。细微处像是听到生命的蚕食声响，教人系恋而不惊动。那一刻，内心非常沉潜，一如潜伏在海洋深底。踩在沁凉的地板上，走回房间给自己倒一杯清水来喝。

上一年一直在忙忙碌碌，通宵达旦地学习与工作，始终处于焦虑状态，终于病倒，然后在这个春天获得意外的休息，于是得以有这短短的闲暇时日来面对生活，以及自己。

只是依然会失眠。且无论几点才睡着，次日也一定会早早醒来，不管我多么想再次返回柔软沉实的睡眠之境都是无效。我知道我的脑子休息不下来，潜意识一直在工作，我担心着这休息时日的“之后”，我咀嚼着自己的感情梦魅，是的，它们都在我的梦境里纷繁叠沓、慌慌张张、缠绕交错。

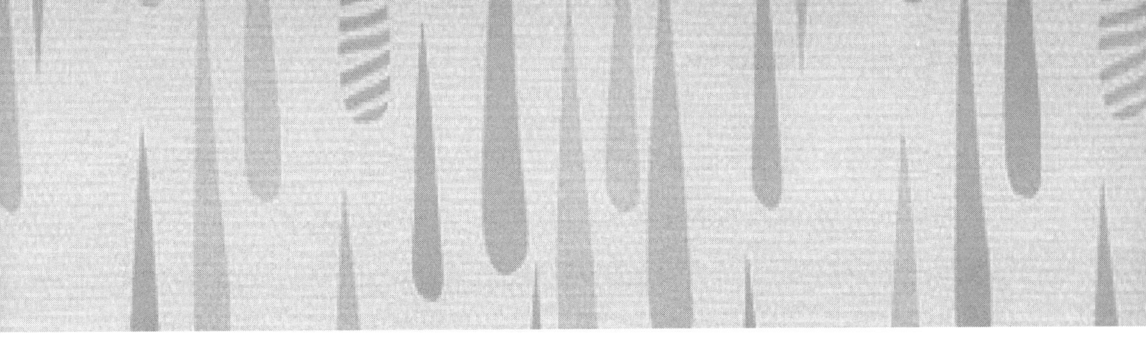

我在这休息的时日中躲避着现实，可它们时时刻刻都萦绕在每一丝我周身的空气裂缝中。或许我只是自己就把自己吓怕了。

日子总是要过下去。该面对的总是要面对。是的，我知道。

只是内心太无着。

前两日去看病，连续两天都没有挂上号，索性便去公园看花。桃花全都开好了，恰逢天蓝，有小孩子在放风筝。给自己买了支冰激凌吃，也就开心了起来，只是依然会想，如果有一个人陪我一起坐旋转飞椅或者开碰碰车就好了，什么都好。

太阳下山的时候开始往公园外走，已经走了一天，穿着高跟鞋的脚很是酸痛，撑着走到公交站就一屁股坐在了站台的座位上，不想起身，直到夜风习习受不住凉意，这才踏上公交车。是的，天已经黑了。天黑得真快呀。到家一进门便甩掉高跟鞋，想倒一杯水来喝，拎起暖水壶，却听到一声脆响，我还没反应过来是怎么回事，只感觉到腿上的温湿。定睛一看，原来是暖水壶的底脱落了，壶胆掉了下来碎掉，于是水和碎胆溅得到处都是，包括我的身上。还好不是开水。于是只好换掉衣服、拖鞋，顾不得疲累，开始清理现场。我拎着塑料袋蹲在地上捡着碎胆片，一边捡一边说着“没事的，没事的，会好的”，说着我捡碎片的手就停住了，我竟然又在跟自己说话了。我在安慰和鼓励我自己，这不仅仅是无意中说出“嗯”或“啊”那样的事情。虽然有时在网上看到好笑的事情，哈哈笑出声来，然后听到自己的笑声在房间里突兀的回音，意识到只是自己一个人在空荡荡的屋子里傻乐时，大概也是这般的心情。

但是，这是我选择的生活，能有一间完全属于自己的房间，我很知足，而且是感激的，虽然我知道要不了多久我就会失去它，尤其我知道要不了多久我就会失去它。

一个人生活，自有自己的节奏。去 24 小时便利店买食物的时候，打扫房间的时候，铺桌布摆放物品的时候，修剪花枝的时候，敷着面膜读书的时候，甚至睡前关掉灯看着窗外的时候，无论一个人做什么，这种节奏就会慢慢流淌出来，让我觉得自己的世界与周围不一样地存在着，让我听到自己。能做这些，有着安静的美好。兀自冷暖，可以嗅到尘埃起伏的气息，大段独处的时刻庞大而茂盛。因为之前一直是凌晨三四点结束工作到家，第二日中午又匆匆出门，无暇顾及生活的任何角落，现下更觉珍贵与珍惜。当然有时会觉得太安静，收拾屋子或者洗衣服的时候会用手机放歌给自己听，民谣、后摇、爵士、古典音乐，电子乐和摇滚乐用来跑步。临睡的时候会听电台，找一些温暖的节目，甚至“鸡汤”，最好是有磁性的男性声音，会让人感觉踏实。然后告诉自己，面对生活将要到来的，既知无旁路可走，无法控制左右，那就顺应它，要使自己从容淡定、不卑不亢。

对音乐和电台的需要，使一台蓝牙小音箱成为我小小的愿望。

有时躺着看书，并不是因为读到什么，亦没有感到什么，眼泪就不知不觉会流下来，并没有悲伤地、持续不断地流着。持续地温吞、寂寞、无穷无尽。然后，自己莫名其妙地旁观着自己。是的，慢慢的，就好像是自己的旁观者一样在生活着。而如此旁观，做事情便都会有一种仪式感。这种仪式感让人身心端正、目标专注、内心单纯，是一种认真对待的态度，让人对所做之事保有尊敬。同时心无杂念产生的专注，使对周边万物获得注视，于是食物、景色、杂货、植物等诸般种种都获得了突出的感受。

很多时候甚至可以什么事情都不做，不看书，不听音乐，不说话，只是懒懒地靠在床上晒着太阳，就连心里也什么事都不想，只是觉得有如此安静充沛的时间可真是好啊。时间就此被拉长，可心里又知道很快就会被自己这样挥霍掉。外面那个属于所有人的、真实存在的世界，就这样与自己丧失联系。就像几年前，骑行川藏线到达拉萨的第二天上午，我躺在青年旅社天台的吊床上，看着斜对面的布达拉宫，感受日光倾城，只觉周身温暖。但是那样的时候，我是真心诚意的，只想虚度时光。

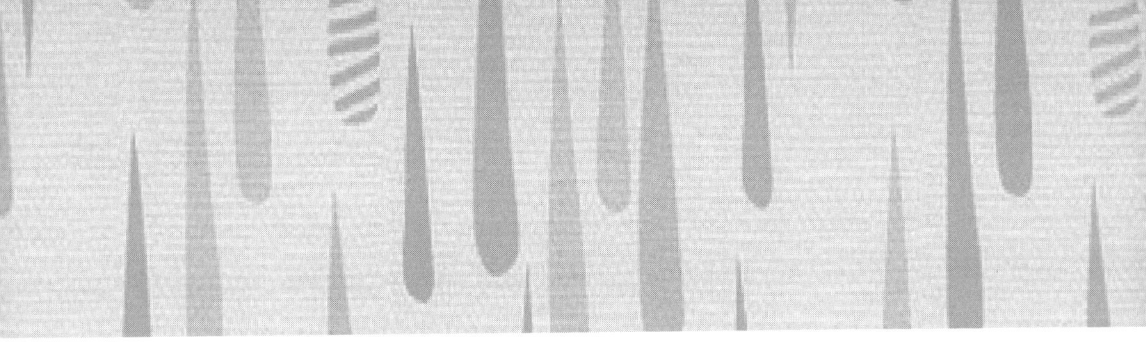

于是与人相处对对方也不会有所要求，没有需索，坦诚相对，他人不愿交付给予，那是他人的自由，总归可以自给自足。这样洁净的人际关系。但若你走累了，来到我身边，便为你温上一壶酒，长夜漫谈，或看着你沉睡，如同暗中点燃的小火焰，微微的守护，借以温暖你的梦境。一路充沛的感情，只为在长路漫漫中，端一杯酒给对方喝。

也不是没有去热闹的地方。近日在三里屯辗转两次，一次是与几个朋友吃过烤串牛蛙后，与一个女伴同去酒吧。深夜的三里屯灯火暧昧、人声沸腾、音乐轰鸣，年轻的男孩女孩衣着时尚，借着酒精与音乐舞动着自己的身体，街道上不时有喝多的人歪歪扭扭地走着或问过路的女孩一起喝一杯。在人群中游离了一个小时，便早早离开，凌晨一点多的路口，仍然灯火交织、车水马龙，有黑车司机问，走不走，二十走不走？我一边大步踩着高跟鞋头也不回地过马路，一边喊着“你知道我去哪啊就二十，通州二十你走么”，司机又向我喊“通州十五就走”，我大笑喊回“我怕你把我卖了”。从三里屯回到位于近郊通州区的住处，一路经过长虹桥、国贸、四惠枢纽，灯火逐渐疏落，夜色愈发沉静下来。下车后走在寂静无人的小区中，有种怅然若失的心情。

没想到次日又与另一朋友在三里屯吃饭，一家日料馆，菜品精致，我们选择在院子里坐下来，挨着植物，一壶清酒，缓缓清谈。要了寿司拼盘、凉豆腐、蔬菜天妇罗、烤秋刀鱼、三文鱼面包和铁板牛肉，一样一样慢慢体验着食物带来的新鲜感受。闹市中那样安静的环境，只欠月色明星，偶有微风吹过，便带来植物的清香，于是竟坐了许久，一直坐到庭院的纸灯笼亮起，微醺中不知今夕何夕。

今晚独自去蜂巢剧场看了孟京辉导演的《一个陌生女人的来信》，原本不适合舞台表演的内容，使表现手法更值得赞叹。她是他孩子的母亲，他一直都不认识她，而她爱了他一辈子。我记得那个女人神经质的笑声，

记得她在自己的癫狂中跑来跑去，记得她去找他那一路城市背景的旋转和她仅仅穿着黑色内衣、白衬衣、宽大的黑色西装外套时那好看的身影，还有，当她说她为了孩子卖身了时，反复脱下的一条又一条内裤，以及那些无论欢快还是无奈的，所有都是绝望的语气。她言语精巧，婉转眉目下衬一把疯狂秉性，为情披身湿漉漉的衣，温柔而暴烈，润致而惊艳。太过强烈的爱通常只是自己的幻觉。她是他的跟踪者，他的精神病患，是那个幻想失控的人。

而现实，一遍遍教给我们的是，不要再对谁满怀期待。

重新走进人群，东直门的街市灯火辉煌，商场大厦鳞次栉比，陷入车与行人乱糟糟的十字路口，交融互汇着失去各自本来含义的嘈杂人语，我站在那里，犹如遇溺者听见淹没。

怀里抱着意外得来的、来自一家叫做 florette 的精品花店送的两枝白玫瑰，与周遭格格不入地站在地铁里。随着车辆的行进微微摇晃，我靠着车身，茫然地打量着人群，然后越过他们，看着门外划过的夜色。那一刻，我也希望有个人能等在地铁站口，然后拥我入怀。但那不是属于我的戏，当剧院的灯光亮起，人声光影活动，重又回到热闹人世，周围对我而言不过又都是虚无的喧嚣。如此，嗅闻花香，便该兴尽而归。

从地铁站走回家的途中，楼房的影子绵延相连，自己的脚步声和远处的汽车声叠合在一起，一树白玉兰被黑夜映衬得更为皎洁，头顶有两架飞机相继低低飞过，发出嗡嗡的低音，而我的头发被风吹动敲击嘴唇，那节奏像一曲电子混音。

在这个错乱的城市，到处都是迷路的人。每个人所对抗的力量，是无法预算和估计的。慢慢，生活成了拼凑的东西。当孤独之外所有能够用来取暖的东西最终都烧完了，覆盖在原来的孤独上，成为更深厚的孤独。最终，人们都只是在这黑夜一般的潮水中，随波逐流。

煮酒

POETRY APPRECIATION

wine-warming

潘红莉，
曾用名潘虹莉。
曾有作品在《诗刊》《人民文学》
《十月》等海内外报刊发表。
有作品被选入多种选刊及年选集。
出版诗集《潘虹莉诗歌集》
《瓦洛利亚的车站》。
现为哈尔滨市作家协会副主席，
哈尔滨文艺杂志社副总编辑，
《诗林》主编。

三色堇，
本名郑萍，
山东人，现居西安。
中国作家协会会员。
陕西省文学院签约作家。
作品散见于《人民文学》《北京文学》《上海文学》《诗刊》《诗歌月刊》《星星》等多种期刊。
入选《中国诗歌精选》《中国最佳诗歌》等多种选本。
出版诗集《南方的痕迹》
《三色堇诗选》。
现任《书画诗酒》杂志主编。

“在干净的孤独中 试探灵魂”
——潘红莉访谈录

三色堇

因多次诗歌活动的相遇，因她典型东北人的豪爽与真诚，因她诗歌的质朴与独到的抒情隐喻，我对诗人潘红莉充满了好感与期待。她的诗歌里盛满了最美好的感知与想象。她的诗歌质朴而温婉，真诚而有力，她在苍茫的光辉里能明晰自己的路途。带着对故土的真纯与热爱，带着对世界的认知与体悟，诗句跌宕，丰满而毫无骄饰，我时常会被这种自发的呼喊所感动。“不尽的落幕不可胜数／暗叹的雪被遮蔽” “我这样望着远方从不动摇用一生换取”，如此热爱而深受感悟的人，值得让人尊敬。一个有着道德的诚实的诗人，是词语的引领者。在某种意义上，也许正是因为作者精神记忆的所在，更赋予了她自觉书写的勇气，她作品中弥漫的美意让人只想对她有更多的，全面的了解。

三色堇：爱因斯坦说“爱是上帝”，你的诗歌充分体现了情感之爱，家乡之爱，比如我多次读到的《圣阿列克谢耶夫教堂的午后》《索菲亚教堂》《雪，时间的悯唱》等作品，家乡和童年往往是人们心幕上最初的影像，对一位诗人和作家来说，这些影像总是很隐秘地潜藏在记忆深处，伴随他的一生，并且总是对他的生命图景作出某些耐人寻味的预设，你认为你现在的心理结构和精神气质是否是童年记忆的逻辑延伸？你生长的故土是否直接影响了你的诗歌创作？

潘红莉：说到这个问题，我就不得不说一下我所居住的城市，它独特的城市特征，是因为这座城市不过有百年的历史。当初清政府和沙俄政府开启了这片荒凉的地方，在哈尔滨居住的俄罗斯人，已经有十多万人。许多医院、面粉厂、食品加工厂和私立学校都构成了这座城市的显著特征。因而这座城市的建筑就充满了异域色彩，比如米色的楼房和一些教堂。这座城市当初有三十多个国家的人居住。童年和少年时期的我，就居住在有大炉壁的房子里。而马路对面就是俄罗斯大婶居住的白房子。每当樱桃熟了的时候，我会跑过去，在白色的栅栏外，接过大婶用纸包好的樱桃，再穿过那条跑着红色有轨电车的街道。许多年后，我的记忆中会经常闪现出那些画面，那里的低矮的有些神秘的白房子，和卖给我樱桃、扎着白围裙的胖胖的大婶，就像一幅幅油画。被拆掉的尼古拉教堂和留下来的索菲亚教堂，都是我心底的伤。我热爱这座城市的理由，那么坚定而充分，因而我写下一些关于这座城市的诗歌。有些是我记忆深处的底色，岁月越久远，反而却越清晰。这些已经不能称之为纪念了，当我回忆的时候，老就是这样开始的。而一个有这么多记忆的人，无法不让她的诗歌和这座城市有客观的必然的联系。比如一些结构的形成，精神层面的产生，一些永远不再回来的东西。我如果说我骨子里也承接了这座城市的血脉，它的精神气质，甚至呼吸吐纳的关联都不为过。我不是一个“哪里有阳光，哪里就是我故乡的人”。只有回到这里，才可以说是回家，才可以说是回到故乡。在一个收留我的地方，一草一木都会让我心痛的地方，没有诗歌的产生才会奇怪。

三色堇：大凡文学评论家在评论女作家、女诗人的时候都会谈到“女性意识”，你是如何理解一位女诗人的“女性意识”的？而这样的意识又是如何在你的文本中渗透、流淌出来的？

潘红莉：女性意识向来是个被注重而敏感的话题。我个人在阅读文学作品时，对女性作品竟然有些偏袒，这不仅仅局限在女诗人。她们所表现出的个性和思想的放射性，都有所不同。我承认这和一个人的文化背景，对社会的认知度，所涵盖的文化界定，她的发展性，都有直接的关联。就写作而言，独立的个性和共性的自主完成，自由幅度的拓展，已经显示了女性意识的最高形态。这其中包括所具有的世界性的意识，发展的，批判性的回溯。放大和辨识，都是女性意识应有的生命意识，而在经验中，达到完美的可能就是超越。就我个人而言，我希望我在清晰的辨识中，摒弃规律和手段，能做出最好的表达。其中思想的深刻，才会让一个写作者不望而却步。

三色堇：你的诗有种温馨的气质，素朴、真诚和对现实的直面，是否与你个人气质有关？是生活或者性情的使然，还是刻意的选择？我认为一位成熟的作家和诗人，无论是文本还是人的一些性格都有其别于他人的一些特质，你对此怎么看？是否可以自我描述一下自己呢？这个性格特征对你创作有什么样的影响？

潘红莉：我曾经和一位好友谈过诗歌中所呈现的气质，是一个人内在的人格和心理气场的散发呈现。对于写作而言，抛弃刻意是一个写作者的能力。剩下的个性化，思想性的光芒，才是必要的。如果一位写作者没有自己的写作特征，而随大众化地落俗，那就要真的自省了。

三色堇：你不但是一位诗人，同时也是《诗林》杂志的主编，在每天大量阅读作者作品的同时，你依然保持了较高的创作量，你怎样处理这两者的关系？你对今后自己的创作和编辑有何计划？想达到一个什么样的理想或者高度呢？

潘红莉：说真的，看稿子编稿子，忙于家庭事务。这种长时间的日复一日，是对精力的严重消耗。写作是需要好的状态的。当你忙完繁复的事务，想拿起笔写点什么时，那种滞重感，有时是非常无奈的。我后来为自己找到了最好的抢量能的时间，就是每天早晨提前到单位写作，在开始工作之前写出一些东西。这样就可以避开一天后的劳累，而早晨的精力会更充沛些，这个习惯我已经坚持了很多年。说来惭愧，我对自己的要求就是不浪费过多的时间就好，尽我个人所能，做到和做好。我羡慕那些达到理想成功的人，我现在这样做是不是就是我的理想，就是我的人生目标，这个界限有些模糊。更高的理想对于我而言，太遥远也太遥不可及，严格地说，我这一生也不会达到。诗歌的高度是无止境的，我会终生去追求，也永远仰视。这样看，我还在理想的途中。

三色堇：我一直被你的沉稳与低调所吸引着，你是一位非常真实的诗人，无论是生活，还是诗歌，几十年来你始终虔诚如初。我知道你推出了很多诗歌新人，这源于一种职业的担当还是一种责任？

潘红莉：我其实是一个比较简单的人，这种简单出自我对生活和生命的理解。比如这个世界上有那么多能人，在文学领域有那么多大师级的作家。我从小学就开始阅读，深领了那些震撼我心灵的文学作品，在他们的作品面前，我是汗颜的。在这个世界上我只不过是沧海的一滴水，大地上的尘埃。而做人的简单道理就是真诚和真实。反之，你玩尽了花样，到头来不过还要归于简单。而最主要的是，高调和低调和我的作品质量都无关，那只不过是一种外在的形式。这些年我所推出的新人，确实很多，我自己也不会去想。我的职业就是编辑，我所要做的，就是发现新人，推出去，既有一个编辑的自觉意识，也确实有一种责任感。因为在一段时间内，你突然觉得没有新人出现，会让你心生不安，这种不安会让你有愧疚感：是不是覆盖面还不够大？眼界没有放开？这是我内心毫无夸张的真实写照。当然在我的编辑生涯中，有些稍差一点的稿子，我也会选一些发表。这些写了多年的人，如果我不给他发表一二，可能这个人一辈子，都不会有发表的机会。好几次我和编辑们也说过这样的话题，让他们稍抬贵手。哈哈，对于一个合格的编辑而言，这是不是在善意中的有些失职。

三色堇：在微信时代，作为主编，你平时的阅读时间多吗？现在你的阅读旨趣让你倾向于读哪类书？为什么？

潘红莉：的确，这种信息量飞速增长的时代，会有一些你不可预知的信息传递给你，又在很短的时间内传递出去。这是个短平快的时代，会让人浮躁而无方向感。但我仍然会挤时间来阅读，比如我正在看的书有《二十世纪外国重要诗人如是说》《世界著名作家访谈录》《欧美现代十大流派诗选》《耶稣的一生》。这些书已经买了好多年，以前已经读过，前段时间又拿出来会交叉地随时翻阅。阅读《耶稣的一生》是因为母亲是虔诚的基督教徒，前年母亲病逝，留下这本书。我在中学时读过《圣经》，感觉了解得还是不够，至今的疑问需要再阅读来解答。也许这样也是对母亲的一种怀念吧。当然，在这个世界上，没有哪个领域会有文学的包容性和接纳性，任何一种阅读和学科的拓展，都会丰富加强一个写作者的力量。而阅读也是我生活的一部分，它会让我抛开纷杂让心性安稳，阅读中的幸福感是实在的。

三色堇：很多人认定为当下是叙事时代，诗人也不例外，在诗歌中叙事或以叙事口吻完成诗歌铺呈，但你的抒情性仍比较明显，也就是说你的文本更多的是通过抒情的话语方式来完成对世界和自我的审视及对话的，你是否认为这样的话语方式是你比较擅长或者比较有效的表达方式呢？

潘红莉：其实关于叙事诗，已经有经久的历史，那些长卷的诗典，多是以叙事为主。而诗歌的风格是在时代的发展中，悄然生成或回来的一种模式。我是个不会赶风向和浪潮的人，因而我也不会去注意我的写作风格更趋向于哪一种文本。我更注重自然的形成，就像我的生存观已经灌输到我的写作中一样。也许这是我写作中的缺憾，我不会为风格而强化自己，好在我自知没有大才情和过高的能量，就这样慢吞吞地往前走。好在我是一个编辑，不是一个好的诗人。我所要做的，确实是我对这个世界的对话，用诗歌来完成。我生命中某个瞬间闪过的片段用诗歌来挽留。那些更隐深的意义，我灵魂和内心的东西，都在诗歌中表达得淋漓尽致。我不完美，但我在做，诗歌也是拯救吧，它让我警醒的同时，也像一面镜子在照耀我，在光影中，会反射不同的薄弱。而现在，我最有效的表达方式就是我最自然的表达。也许有一天我会改变写作风格，那一定还是自然所向。

三色堇：我知道你对油画的色彩有着自己独特的感悟与审美，而不是单纯的欣赏和悦目，这从你主编的杂志上可以体现出来，对绘画的挚爱与你的诗歌写作有着怎样的影响？

潘红莉：是的，我对画面感和色彩有着很强的敏感度。画家画出的那些让人震撼的画作，那些用色彩和光影所还原出的抽象的世界、灵动的幻觉，就像对这个世界的再创造。而巨大的美就在其中，诗意的，乐感的，风中的画面感。它是和诗歌的意义共存的，尽管所表现的方式不同。我曾在少年时临摹过一些简单的铅笔画，就没有再往前走。在我的诗歌中，有很多画面感。我会在行走中，发现事物中存在的画面和诗意，它们是相互交融的，比如音乐、建筑。任何文学体裁的作品，如果没有诗意的画面感，都不会拥有众多的读者。好的文学作品都是诗意的。我在福克纳、史铁生、余华、迟子建等众多作家的作品里，都读到了诗意，我认为的画面感。而莎士比亚的作品，如果没有诗意的激情，就不会成为经典。是的还有画面感。好的文学作品都是这样吧。这就是我对绘画和诗歌的理解，因为艺术是相通的。

三色堇：从我们第一次相识我就被你典型的东北个性所吸引，开朗、豁达、舒缓、真诚，直线条的情感的奔流是否影响到了你的创作本身？

潘红莉：我是典型的北方人性格，比较直爽、率真、豁达。当然我也细腻敏感，这又同我的职业联系在一起。就创作而言，能够写已经是我的荣幸。多年的编辑生涯，让我一直在学习中补充着能量和养分，诗歌也一直滋养着我的心灵。我不能不感谢我命运中拥有的诗歌，为我带来的愉悦。在阅读诗歌的同时，就会发现自己的不足之处，取和舍就这样交替着，让我成长到现在。如果说我还有情感的奔流，是因为诗歌的激励；所属的方向一直在远方在高处，是诗歌让我向高向远。

三色堇：你的诗大多很感性，有一颗柔软而透明的心，仿佛黑夜的萤火，我似乎听到了你的精神呼吸与内心的低吟，孤独中直抵灵魂的书写，让人感受到体温和心跳，内心溢满了农夫一样的喜悦与欣慰，在你创作和完成一首诗的过程中，心灵有着怎样的愉悦或者说解脱？

潘红莉：我想说没有感性就没有理性。这种惯性的发现和提取，才能完成诗歌的创作。我的诗歌大多都是心灵的自语。在隐隐的孤独中，闪现着明亮和光芒。我想说，美不一定是悲哀或者喜悦，美有时会囊括所有：可以和万物生长，可以与天空为伍，可以顺着河流想象你要的场景。当你对一个人，永远只能远远地观赏时，你的诗歌代言了你的灵魂你的内心。当我们在诗歌中将幻想托出，创造成就了内心的表达、对世界的问询。空间感的递进中，打开另一扇门，这就是我完成一首诗歌时，内心的轻松。这种轻松感就是，我刚刚表述完。

大地的隐秘蓄势待发（组诗）

潘红莉

秋雨是无法推脱的蜜汁

这个秋天我突然在雨中醒悟　鸡冠花流落
雨的滴落像敲击的鼓点　见证光源大地的火焰
即使我将自己设为远方　设为看不见
设为今生的土　种植的庄稼将我密实地覆盖

其实那些庄稼和秋雨一样多　说着只有我听得懂的语言
它们所谓的抗拒是一些年的平静　在玉米的包裹下
有看不见的触须发芽　在秋雨中融合泪水
这一年的庄稼茂盛收成尚好　热度在探索之外

我只是将自己设为陈旧的秋　反复的落叶
逃脱给自己解释的完好　下沉的夜在雨中更黑
秋天的雨的实验不能永远和落叶厮守
怔怔的天空云是落下还是升起　受邀的

孩子目光清澈真切　秋雨的作用不外乎
也是一种甜蜜的汁液　他人用来书写的意识
我的行走的梅园　在空中漫步那么不像自己
根消极脱离实际　尽管秋天的雨近乎于蜜汁

玛尼石堆

那个在玛尼石前留下影子的女人
她要和神域的石头红色的会使心灵安静的文字一起沉默

她看不懂却油然地敬重　夏天在这里停顿
听石头的久远　听　听不见的声音

她知道玛尼文字的经文写过山川和飞鸟
写过久远　写过还没开始早就有大雪飘落过的冬天
雪让这里奇特地起伏　静卧含蓄的纬度失联
失意万年的白　储藏蕙心　意识的位置放弃

这个下午的安静正等待天空的空　等待通天河的本质
等待轻而易举的放下和征服　心底的现实
世界和玫瑰都走得无影无踪　安静的白
无需走廊　轮廓　城郭　囤积的影像　这里从来没有震惊

轻浮　一世炎凉　冲动的死亡　美艳的动荡
这里有放下　舍　初次般的明净　最初和完成
夏天的枝叶已经有序地走过这里喂食大地的胃
而时光在这里无碍　力量的无　已经无华天衣无缝

大地的隐秘蓄势待发

我希望秋风来时麦子的波浪起伏
带动更成熟的金色　它离开大地时
留下短暂低拂的语言　让
守护的谎言惶恐地逃离
我要安抚大地的心脏　从消失开始
它的律动就一直裸露　那么有力地波动

我不能细数大地的暗语被击撞过的伤痕
曾经的火焰在大地深处的能量
这时的痛苦无阻隔也无安抚
坦露的真诚真实微尘变得可笑

这是我的高山峻岭高过天空的高
高过内心的高　和大地的隐秘蓄势待发

亲爱的安莉亚

安莉亚　现在的秋天切换着画面
我喜欢远方的虚幻　薄雾弥漫的词语
猜测　推想　在扩大的水印下弥散
我也在朦胧的视线中试探时间　远方的敬仰

安莉亚　水边的柠檬树冲出了重围
天空的镜子教训着死亡　悬崖边上的杜鹃
看一世的江山　傲视生死　烂漫地开　也
招募雪涂抹炎凉　怜惜远方的不见

安莉亚　这世间的常来常往我们那么生疏
这个秋天的米粮富足　果实再次等待树
幸运的引子　魔幻的经典　事实上你的出现
让秋天满含深情向深处走　大地山脉都一片金黄

晚秋的病容

万物开始动摇时　选择就病了
万物推崇哀悼　是因为无计可施
这个世界的变迁统治　带来时机也带来叹息
树的影子　它们的姿态消瘦谦卑
像昨天的眼神　重新等待光和火焰
最终发现这个晚秋的能量

午间诗或乔木灌木的词语

相望时就是十月时间的定律破解
长白山的乔木美好　美人松的手臂揭示底价
我并不依恋你高处的风声　我的灌木也有细节
纵横交错　往昔流年　区别在于繁琐

乔木的落叶松　永不落叶　静止的谎言

我还是归回故里　低矮的黄昏柞木后的灯笼花
它们都将枝繁叶茂或凋零作为语言的想象
作为裸露的事物关乎在十月里即将衔接的大雪

在这个秋天　打马在此走过的旅人
将怀中的天池轻轻放下　途经的白桦林
风将它们雕塑成风的形状　大片的就要飞翔的妖娆
欲动的天外　在干净的孤独中　试探灵魂

紫马岭的玫瑰园

紫马岭　秋天的迟疑　玫瑰园时间的哲学
我的北方的落叶金黄像鱼儿游过我的眼线
现在的紫马岭叫南方　福克纳献给艾米丽的玫瑰
使我在事实面前难辨真假　第一朵和第一百朵都在

紫马岭玫瑰就要磨灭灯盏　秋天的暗香失落
只有秋天的玫瑰绰约　走过旧日是那时的模样
玫瑰　哀悼　远处的群山黛绿　那么远那么远
像极地又坦露蒙蒙的白光　像这一生远方的爱

玫瑰　我们哪一个的日子越来越薄　铺张越来越短
紫马岭的赞美却无处不在　缤纷的嘤鸣谷的鸟鸣
添补着世上的残缺　玫瑰园的事物　擦拭
丢失的词语　沉浮　内心的柔软悬浮的旧事

此时的虫鸣清晰　玫瑰的秘密覆上轻雾
寂静　果子落地的声音　在时间中拉长
有些丢失的事物　属于永远的不归
有些事物从容不迫地来临　在玫瑰园做万物常态

此刻　有谁想拉住玫瑰的时速　出生入死
晚秋稍加修饰就会一地殇　暗香洞开听最后的火焰
暗和岸一直相互依赖　夙愿的河流
在十月　敲击甜蜜也华丽的转身留下哀伤

与柠檬桉树语

你不是来自我的命定　故土的贵重
在这个秋天　你的枝干先行于死亡的视觉
灰色的光滑　像天空的滑落云线低垂
柠檬在今晨的微曦中穿过露水和花瓣逃离

桉的树　与桂花毗邻与相思树俯瞰
如果你活着就叫灰色的闪电　迅疾地自下而上
远处的玫瑰花丛闪烁在晚秋中
我要哪一处　哪一处都是这个秋天的疼痛

柠檬桉的树　我的天空归你所有
归你的高　不屑一顾的高　在云霄之外的高
我身后的园林已经开始缄默不语
林中的鸟只在你无法低视处飞绕

你要走了　你要走了吗　柠檬桉的树
在高处的超脱　独享彩云也放弃大地的爱
这一世的缘在这个秋天的暗语中　流亡
路旁的荔枝树　槭树　芒果树　各自平分秋色
它们将这个秋天的蜜拿走　剩下桉的树修饰秋天的背景
让风吹过枝干在远处的桂花树上　盘旋

一个旅者的鱼

方尺之间的海静养　夜晚的涟漪美艳
它凝固大海的精髓　让海底的立场更出色
鱼被月光映照重叠光的幻觉　可以是浓缩的趋近
鱼驾驭水也驾驭温度　让散落的夜远近都是
夜最广阔密集的亲吻　一条鱼更多的鱼
敲击心灵秘史　姻缘的粉尘
水的波纹绰约有旺盛的树影　渲染着远处夜的草香
群鱼　一个人数着前世错失的路
让今夜的水流成岸　细小密织的鱼纷落成丝

戳穿并不宽大的水面的谎言　并将时光分开
重新梳理水的温暖　光的参差错落
有限的时光永恒　在今夜穿上最温暖的水的衣裳

大地的水　今夜饱含深情和众多的鱼一起
接受星光的视觉　和一万颗星的沐浴

秋天的江河更加悠远

其实江水是这座城市的荣耀
秋天不来它也会在夏天缓慢地向东
缓慢地让坐在江边的人
想起那些过早就离开这座城市的人

如果不是这样哥哥会手拿一份当天的报纸
坐在离家不远的　江边的石阶上
看江水中白色江鸥的翱翔
看报纸上这个世界局势的汹涌
足球踢在国界外的绿茵场
他的惋惜惊诧淋漓都在江水之上漂浮
那么新鲜　新鲜得让每一个秋天都生动得
深陷孤独凝重　重现着简单的哀伤

我不能拒绝秋高气爽
也不会拒绝悠远浩荡的江水
将我曾经的温暖带到远方的江海
又将温暖一点一点地切割成这个秋天的样子

岸边的树丛还绿叶成荫
挂在树梢沉甸甸的落日就要落下来
秋天就是这样庞大给江水增添着事物
给远方弥补缺失　也让人等待不会再回来的消息

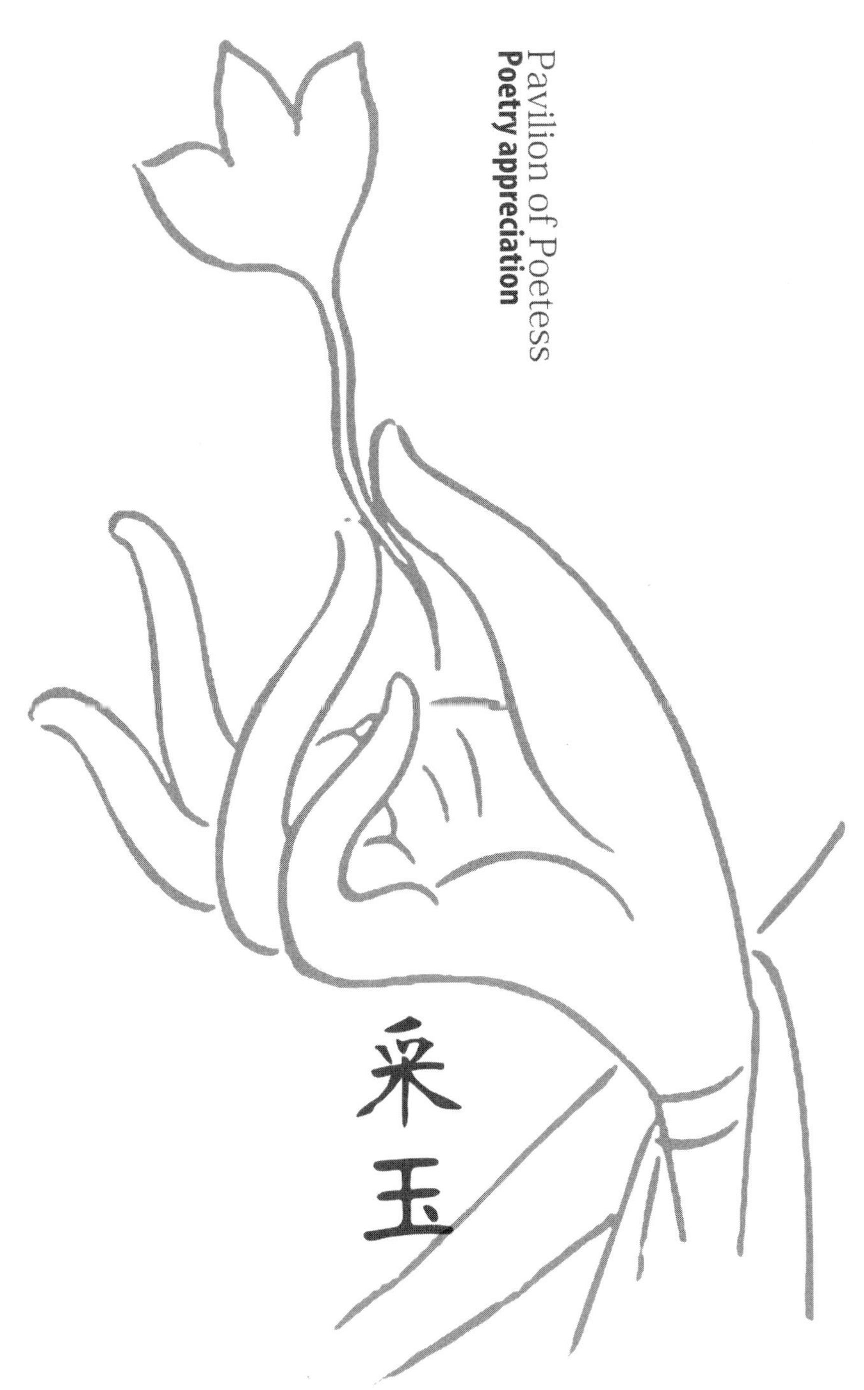

Pavilion of Poetess

Poetry appreciation

采玉

米拉·洛赫维茨卡娅（1869—1905），原名玛丽亚·亚历山德罗夫娜·洛赫维茨卡娅，有“俄罗斯的萨福”之称。出生于彼得堡一个知识分子家庭，1896年，她出版了第一本诗集，获得俄罗斯科学院颁发的普希金诗歌奖。她在创作上深受费特、迈科夫等“纯艺术”诗派的影响，较多关注爱情、死亡、天空、星星、时间等永恒题材。1905年，再次获得普希金诗歌奖。生前出版有多种诗集，如《诗集1889—1895》《诗集1896—1898》《诗集 1898—1900》《诗集1900—1902》和《诗集1902—1904》等。她的创作对俄罗斯象征主义、未来主义有较大的影响。她的名字在苏联时期一度被忽略，但近年获得了重视，甚至有学者认为，“恰恰是洛赫维茨卡娅，而不是阿赫玛托娃，教会了妇女们诉说”。

米拉·洛赫维茨卡娅诗选

汪剑钊 译

爱之歌

我多么希望将自己的幻想，
那些心愿和憧憬的秘密
转化成鲜活的花朵，——
可是，……玫瑰却过于艳丽！

我多么希望在自己的胸口
安上竖琴，让永远年轻的情感
如同琴声悠扬地响起，——
可是，……琴弦容易被扯断！

我多么希望在转瞬即逝的梦里
领略相互温存的甘甜，——
可是，……命中注定我得死，
我等不到复活的那一天！

召　唤

蓝幽幽的暮色垂下来，
仿佛轻盈的半透明影子，——
花园里，白色的丁香花下，
我希望能够遇见你。

爱之愁！……怎样的力量呵，
它攥紧了我的心，

在夜晚感伤的寂静中，
我听不到可爱的声音。

树木瞌睡……天空疏朗……
快来吧！我独自等着你。
哦，你瞧，夜多么美妙，
春天多么令人惬意！——

一切充满欢情的愉悦，
一种不可言说的美……
残存的幸福一声轻叹
催开了春天的花蕊。

倘若我的幸福是一只自由的雄鹰

倘若我的幸福是一只自由的雄鹰，
哪怕它在蔚蓝的天空骄傲地飞翔，
我就要在弓弦搭上一支响亮的利箭，
无论它是死还是生，它必须属于我！

倘若我的幸福是一朵奇异的小花，
哪怕这朵小花生长在陡峭的悬崖上，
我也要不顾一切地得到它，
把它摘下，吮吸它馥郁的芳香。

倘若我的幸福是一枚罕见的钻戒，
即使它沉落河水，被松散的沙粒掩埋，
我也要像一条美人鱼似的潜到水底，
让它在我的掌心大放异彩！

倘若我的幸福就隐藏在你的心头，
我要日以继夜地点燃它秘密的火焰，
希望它只向我奉献，毫无保留，
让它只为我跳动，轻轻地震颤！

爱　情

曾经过早消逝的爱情，灵魂
主宰者，你是否还会降临?
或者那短暂骗局甜蜜的毒药
难道不再会迷惑我可怜的理性?

她来了——仿佛天堂光明的信使，
重又是愉悦！……泪水！……幻想！……
我又感到幸福，开始希望并痛苦，
我的生命充满了不朽的美！

你一定要学会承受痛苦

当你被打上女人的烙印，母亲的烙印——
为了这一刻，从幸福那里偷来的一刻，
　　你就应该沉默，保持冷漠的平静，
　　　　你一定要学会缄默！

倘若你享受快乐的命运线非常细短，
而如果你的偶像很快就将你责难，
　　让你扛上忧伤、痛苦和耻辱的重负，——
　　　　你一定要学会去苦恋！

倘若你的身上被打上特选的烙印，
你就被判定永远背负奴隶的枷锁，
　　就请戴上体现女神辉煌的十字架，
　　　　你一定要学会承受痛苦！

风的呻吟

风的呻吟，阴郁思想的絮语……
　　生活全无乐趣……
而在不远处——暑热，大海平静的喧声，

太阳灿烂地闪烁！

暴风雪肆虐，心头越来越多地堆积
未曾哭出的泪水……
而在不远处，桃金娘，绿色的桃金娘在生长，
一丛丛白色的玫瑰！

在关于别处的幻想中，生活逐渐流逝，
它虚缈而卑微……
而在不远处，有笑声，喷泉一样的幸福，
还有闪光，还有美。

爱之歌

我的骄傲，我的意志，你在哪里？
你热烈的亲吻让我全身无力。
这些亲吻蕴含如此多的秘密和奇迹，
你的拥抱容纳了如此多的幸福！

我曾经是那么冷漠，那么矜持，
你却从我的额际偷走了我的皇冠。
那就强壮地、热烈地抓紧我、拥抱我，
你的女皇将成为你恭顺的奴隶。

你温柔又凶狠，你缠绵又冷酷。
你用迷人的美梦将我催眠送入梦乡，
让我在梦中经受如火的烧烤死去，
在爱抚中欲生欲死——死于你的温存！

睡天鹅

我尘世的生命充满了喧嚣，
仿佛芦苇发出朦胧的簌簌声。
它们轻轻抚爱沉睡的天鹅，

我的一颗骚动不安的灵魂。

远处，有人匆忙地行走，
正在急切地寻找轮船，
港湾的灌木丛中一片安谧，
忧伤喘息着，仿佛大地之重。

但是，来自颤动的声音，
在芦苇的窸窣声中滑动，
被惊醒的天鹅猝然一抖，
我的那颗不朽的灵魂。

它展翅飞向自由的世界，
那里，波浪倒映风暴的叹息，
而在变幻不定的水面，
倒映着永恒的蓝天。

夜的天使

我并不需要享受
　　片刻欢娱的甜蜜。
我在幻觉中生存，
　　着迷于幻想的魅力。

只是黑夜的天使
　　轻轻拂过我的床边，
我屏声定息，凝神
　　望着神秘莫测的黑暗。

在半梦半醒的寂静里，
　　某个可爱亲近的人，
怀着无可抑制的思恋
　　附身靠近我的身边。

我惊惶地低声对他说道：

　　滚开，黑夜的妖术。
夜的天使，严厉的天使，
　　在我床头警觉地守护。

暴风雨的预感

一种朦胧的感觉潜入灵魂，
　　仿佛我生活于梦中。
某种神奇、美妙的事物
　　已经美梦成真。

乌云临近。我的目光不安地
　　追逐它在高空的足迹，
一个不可能的幻想将心俘获，
　　我感到兴奋而恐惧。

我看到，春风散发的气息
　　正碾压新生的青草。
某种伟大的东西，非人间的东西
　　很快降临到尘世间。

空气黯淡……但我无忧无虑地
　　等着来自远方的闪电。
天堂的力量，无形体的力量，
　　为我隔开一道防护墙！

双重的爱情

让你的脸贴近我，紧靠我的胸，
我祈盼淹没在你晶亮的目光，
我希望一直望着你的眼睛，
它们蓝莹莹的，仿佛幽深的海洋。

在湿润的眼底，仿佛在水的深渊，

我的眼神吸引了两个幽灵。
我的形象在你的眸子一分为二，
里面有两个我在微笑，像江河女神。

但在灵魂深处我觉得非常恐怖，
一种奇怪的偏见令我心痛：
藏在底部的事物并不一致，
两个相互映照的形象各不相同。

这些韵脚——是你的

这些韵脚——是你的，或不属任何人，
我知道它们音调和谐地交谈，
歌声犹如溪水，与它们一起流动，
仿佛水晶依次发出叮当的共鸣。

我知道你晶莹剔透的诗行，
它们充满了甜蜜、朦胧的形象，
一些意外而奇特的组合，
你阿拉伯风格的花边图像。

我聆听你朦胧不清的曲调，
我忍受着暧昧的愿望之折磨：
我多么希望成为你的一个韵脚，
一个韵脚——属于你，或不属任何人。

我的灵魂像一朵纯洁的莲花

我的灵魂像一朵纯洁的莲花，
置身于水之寂静的慵懒，——
在月亮温柔的秘密笼罩下，
敞开银光闪烁的花冠。

你的爱情，仿佛朦胧的光亮，

沉默的魔力水一样流淌，
我的一朵芳香四溢的小花，
被一种奇特的悲哀施加了魔法，
一丝透心的凉意将它刺穿。

你的嘴唇——是两瓣石榴花

你的嘴唇——是两瓣石榴花，
但是，蜜蜂在里面找不到快意。
　　我曾经贪婪地在其中吮吸
　　馥郁的芬芳，醉人的甜蜜。

你的眉毛——是夜的两只羽翅，
但直到清晨也不曾将睡梦合闭。
　　我凝视着这一对眼睛，
　　眼底有我形象的影子。

你的灵魂——是东方的一个谜。
谜中有奇迹，有童话，但没有谎言。
　　整个的你属于我，靡无余遗，
　　迄今我为之生存，为之呼吸。

我爱你，仿佛大海热爱初升的太阳

我爱你，仿佛大海热爱初升的太阳，
仿佛波浪倒映的水仙热爱梦河的寒意与光影，
我爱你，仿佛星星热爱金灿灿的月亮，
仿佛诗人——面对自己的幻想滋生的作品。
我爱你，仿佛生命短暂的蛾子扑向火焰，
因为爱情而精疲力竭，因为惆怅而憔悴，
我爱你，仿佛簌簌作响的风儿热爱芦苇，
我爱你，以整个的意志，以整个的心弦，
我爱你，仿佛人们面对猜不破的谜语，
远远超过对太阳、对幸福、对生活和春天的爱！

没有你，我的生活就没有幸福

没有你，我的生活就没有幸福：
既不可能有别样的爱情苍白的幻梦，
也不会有专制蛮横的满足，
什么都没有——倘若你不和我在一起。

灵感也充满倦意地打起瞌睡。
人间的道路也变得沉重，没有意义。
哪里有我的休憩？哪里有我的迷醉？
哪里还有生活，——倘若你不和我在一起？

圆满的爱情

仿佛昙梦——但比梦更不可实现，
恰似幻想——但比幻想更加美妙，
她高贵庄严地一路走去，
全身被神圣之美的光环笼罩。

整个的她由冰雪所创造，
整个的她——出自春天灿烂的光焰。
她从来不曾有过一丝迟延，
从不曾专属任何人，将来也不会。

只是在濒死的唯一时刻，
我们才能把疲倦的灵魂与她融合，
她的光芒永远只为我们照耀，
呈现为纯净的火焰和洁白的冰雪。

我希望在年轻时就死去

我希望在年轻时就死去，
不曾爱过，也不会思念谁，
像一颗金星从天空滚落，

像一朵未枯萎的小花飘落，
我希望，在我的石棺中，
那些为长久敌意痛苦的人
可以找到双倍的幸福，
我希望在年轻时就死去。

请把我埋葬在偏远的场所，
远离令人厌烦和喧嚣的大路，
那里，有柳树对着波浪倾诉，
有原生的黄色金雀花树。
但愿睡意朦胧的罂粟盛开，
但愿有风儿在我的头顶拂过，
带来远方大地馥郁的芬芳。
我希望在年轻时就死去。

我不想回望走过的人生路，
不想回忆虚掷年华的迷醉，
如果唱完我最后一支颂歌，
我可以毫无牵挂地入睡，
不要让灯盏在死后尚未熄灭，
仍然让记忆残留着不去，
为了生活而去惊扰心灵。
我希望在年轻时就死去。

“我希望在年轻时就死去”

汪剑钊

不知为什么，我总觉得俄罗斯的“白银时代”弥漫着一种浓重的阴柔美，婉约、妩媚、神秘，充满了激情和非理性，而这与诗歌天然的女性气质倒是十分吻合（或许，我们可以把哲学看成是一种更阳刚和更雄性化的语言表达）。如果我的这种感觉不是太离谱的话，美的阴性成分在一些女诗人那里必然可以得到更为适切的表达与体现。作为一个佐证，我们不妨先来读一首诗：

我爱你，仿佛大海热爱初升的太阳，
仿佛波浪倒映的水仙热爱梦河的寒意与光影，
我爱你，仿佛星星热爱金灿灿的月亮，
仿佛诗人——面对自己的幻想滋生的作品。
我爱你，仿佛生命短暂的蛾子扑向火焰……

显然，这样的情感在现代人看来简直有点不可思议，而今，世界的演变已经是另一种模样，人们已经无法想象再以包容宇宙式的战栗来拥抱心上人的那种情感体验。但在当时，它所凸现的抒情强度曾引起很大的反响，并被作曲家谱上曲子广泛传唱。这首诗的作者是俄罗斯白银时代将美貌和天才集于一身的女诗人米拉·亚历山德罗夫娜·洛赫维茨卡娅。

米拉原名玛丽亚，1869 年 11 月 19 日出生于彼得堡一个贵族知识分子家庭，父亲是一位法学教授，母亲是一名俄罗斯化了的法国人，谙熟欧洲和俄罗斯文学，热爱诗歌。据说，在古代，米拉是爱情与死亡的一个象征。女诗人将它用作了自己的笔名，仿佛由此奠定了自己写作的两个主线。米拉身上有很多浪漫主义的基因，多愁善感，迷恋文字，喜欢沉溺在自己的幻想中，甚至放任自己的激情像洪水似的漫溢，其人生选择常常表现出尼采式“全有或全无”的决绝。或许正是在这种观念的影响下，她写出了这样的诗句：

倘若我的幸福是一只自由的雄鹰，
哪怕它在蔚蓝的天空骄傲地飞翔，
我就要在弓弦搭上一支响亮的利箭，
无论它是死还是生，它必须属于我！
……
倘若我的幸福就隐藏在你的心头，
我要日以继夜地点燃它秘密的火焰，
希望它只向我奉献，毫无保留，
让它只为我跳动，轻轻地震颤！

米拉很早就开始了自己的文学活动，照她自己的说法，在“学会拿笔的时候”，已经开始写诗，“十五岁开始”真正献身于严肃的创作。米拉在自己的家庭接受了良好的教育，后来以优异的成绩考入莫斯科的亚历山大学院。学生期间，米拉就已开始在当时的一些具有现代主义倾向的《北方》《艺术家》《观察者》《我们的时代》等杂志上发表作品。1896年，她出版了一册诗集，受到了批评界的一致好评，获得了俄罗斯科学院颁发的普希金奖，这对她的诗歌探索是个不小的鼓励。此后，她一生都致力于诗歌创作中，并不时地从诗歌中汲取生活的意义。她的创作具有很强的自传性和新浪漫主义特征，期望女性摆脱日常生活的俗务，追求忘我的爱情和生活的幸福，以及因爱情引起的美好、快乐、孤独、感伤、寂寞、痛苦和绝望等，善于在对情欲的刻画中凸显宗教式的虔诚。

创作和生活使米拉一生都在崇高和平庸、在理想与现实、在浪漫的情感和琐碎的日常事务之间寻找一个适切的平衡点。按照俄罗斯象征主义诗人勃柳索夫的看法，在米拉身上，“似乎是两个灵魂钻进了一个胸膛”。对她而言，丈夫、孩子和家——是生活的支柱；但是，灵魂似乎还渴望着别的东西，渴望那神秘不知的远方。在给友人的一封信中，她这样谈道：“我——是一个完全意义上的女人。与那些‘蓝袜子’式的女作家毫无相似之处。……对我而言，一切非美（我指的是最高的美）的东西，一切非诗的、非艺术的东西，并不存在；在我这儿，套用一句俗语来说，‘万事皆空’。我把人分成两个部分；我把一部分划入这些词中：收入，开销，股票，债券，等等。另一部分则是：生，死，欢乐，痛苦，永恒……”

如前所述，米拉推崇“纯艺术”的诗歌观念，她的大部分作品涉及的主题都是爱情。当时的一位评论家沃隆斯基认为她的身上仿佛“流淌着书拉密的血液”，其诗歌“仿佛是《雅歌》的回响”，她“毫不掩饰地歌颂爱情”，“勇敢地袒露自己的心灵”。无疑，这位评论家之所以使用“毫不掩饰”一词，所依据的不仅是诗人的创作，而且还与她的生活有关。在世纪之交的俄罗斯诗坛，米拉与象征主义诗歌的领袖之一康·巴尔蒙特的一段婚外恋情可说尽人皆知，因为他和她都从不希望隐瞒这种关系，并且还在创作中相互公开地赠献爱情诗："这种幸福——就是甜蜜的情欲，这对爱侣——就是我和你"。平心而论，就气质和精神而言，洛赫维茨卡娅是与巴尔蒙特最为相投的一位女诗人。巴尔蒙特曾经认为，这个世界上只存在过两位女诗人，那就是"萨福和米拉·洛赫维茨卡娅"。他在诗中写道："我来到这世界，为的是看看太阳，……直到临死的那一刻，我依然要歌唱太阳"，"我们将像太阳一样，太阳——永远地年轻，这里面珍藏着'美'的遗言！"米拉则认为，自己就像"芬芳的玫瑰——这春天可爱的孩子，恳求着太阳"，热情地呼唤："太阳！……请给我太阳！我渴望光明！"

米拉深谙爱情辩证法的原理，为此，她宣称："爱情犹如嫉妒，一眼望不到尽头，"对光明与黑暗进行奇特的组合。爱情"温柔又凶狠"，"缠绵又冷酷"，以至于让"女皇"变成了"恭顺的奴隶"。这让她的抒情诗避开了传统浪漫主义单一性的和谐与优美，在情感的艺术行为中看到了时间的伤痕。晚期，她的诗歌逐渐摆脱了狂热的风格，显得雅致、冷峭而理性，这有两方面的原因，其一，她发现"地球被黑暗所笼罩"，日常生活中，"恶"替代了"美"成为审美的原则；其二，身患了在当时被视作绝症的肺结核，这使她感觉到死亡的阴影时时在胁迫着自己。她曾多次表示，希望把自己定格在最美的时刻，把死亡作为生命的高潮，一个"最美的高潮"。1904年，米拉在一首诗中如是表述：

我希望在年轻时就死去，
不曾爱过，也不会思念谁，
像一颗金星从天空滚落，
像一朵未枯萎的小花飘落……

她果真实现了自己的愿望，在35岁上离开了她不无眷恋的尘世。这个年龄哪怕不算十分年轻的话，至少离衰老还很遥远。同年，她在身后再度获得了普希金文学奖。

十九世纪末，洛赫维茨卡娅的作品曾风靡一时，引起了很多人的仿效，甚至有其他诗人不惜盗用她的名字来出版自己的诗集，被时人看作俄罗斯颓废派的重要代表。而在众多的追随者中间，至少有两位属于二十世纪俄罗斯诗坛上的重量级人物，那就是伊·谢维里亚宁和马·沃洛申。前者将她刻意神化，奉为膜拜的偶像，将她的名字写入自我未来派的宣言中，引为自己的导师之一，同时，还为她写下了大量的献诗。后者一手制造了"神秘的切鲁宾娜事件"，引得《阿波罗》杂志的主编马科夫斯基及其一干诗歌名流浮想联翩，最终因真相败露招致阿克梅派诗歌的领袖人物古米廖夫与自己的一场决斗。

整体而言，洛赫维茨卡娅的诗歌结构缜密、精巧，比喻新奇、贴切，用语大胆、炽热，富于旋律感，不少作品曾被作曲家们谱上曲子而在俄罗斯广泛流传。有研究者认为，她的创作是二十世纪俄罗斯“女性诗歌”的奠基者，为阿赫玛托娃、茨维塔耶娃等诗人开辟了一条新的道路。

汪剑钊，诗人、翻译家、评论家。1963年10月出生于浙江省湖州市。中国现当代文学专业博士。现为北京外国语大学外国文学研究所教授，比较文学与世界文学专业博士生导师。北京大学中国诗歌研究院研究员。出版有：专著《中俄文字之交》《二十世纪中国的现代主义诗歌》《阿赫玛托娃传》《诗歌的乌鸦时代》（诗文自选集）等；译著《订婚的玫瑰——俄国象征派诗选》《俄罗斯白银时代诗选》《自我认知》《俄罗斯的命运》、《波普拉夫斯基诗选》《二十世纪俄罗斯流亡诗选》《普希金抒情诗选》《黄金在天空舞蹈——曼杰什坦姆诗全集》《茨维塔耶娃诗集》《没有主人公的叙事诗——阿赫玛托娃诗选》《王尔德诗选》，编著《千家词选评》《最新外国优秀短篇小说》《中国当代先锋诗人随笔选》《西方抒情散文选》等，总计四十余种。

POETRY APPRECIATION

川美

原名于颖俐，中国作家协会会员。出版散文集《梦船》、诗集《我的玫瑰庄园》及译著《鸟与诗人》《莎士比亚故事集》等。散文作品《瓷碎惊心》《婉约的丝绸》等收入《中国散文年选》《新世纪优秀散文选》《三十年散文观止》等选本，诗歌作品收入《中国诗歌年鉴》《中国年度诗歌》等多种选本。2004年参加诗刊社“青春诗会”。2011年获“诗探索·中国年度诗人”奖。现居沈阳。

一只鸟照亮深暗的松枝

川美

玛丽·奥利弗（Mary Oliver），美国当代最受喜爱的诗人，以书写自然著称，有“当代爱默生”之美誉，曾荣获普利策奖、国家图书奖等十余种诗歌奖项。

仰望

我仰望，在那儿
在北美油松的绿枝间——

羽毛浓密的鸟，
如火的尾翎曳过肩膀又放回身后——

紫铜、铁灰、赤褐的色彩——
照亮深暗的松枝。

担忧死亡是多么可悲。
只相信能被验证的，多么可怜。

当我发出一点声音
它看了看我，然后目光越过我。

它升起来，翅膀巨大而华美，
如我所言，披挂火焰。

川美 译

想必已至深秋，深秋阴凉的一日。盛夏过了，太阳也显出疲惫，它面色苍白地垂目大地，提前接受越不过严冬之门的众生的诀别。秋风习习，秋草瑟瑟，秋虫呢哝。偌大的松林成为沉思死亡的场域。

诗人也加入到沉思的行列。她迈着缓慢的步子行走在松林之中，她行走的步幅与节奏应和着思想的起伏。她的脚下，金黄的松针沙沙作响，应和着她的心跳。而她的眼睛，是通灵的门扉，正是透过这两扇门，她与自然万物沟通、交谈，每一棵树木都情同兄弟，每一朵野花都亲如姐妹。显然，她是懂得它们的，它们也是懂她的吧。每天，松林中的居民们怎样期待着她的出现？瞧，她来了！那个高鼻阔嘴大眼睛的女人，那个总是安静地、用惊奇的目光打量它们的缪斯的女儿！此刻，她收住脚步，屏气凝神，一动不动地站在那儿，正被什么吸引。

是的，她看见一只鸟，站在黑绿的松枝上梳理羽毛。她不知道那是一只什么鸟，因而更加好奇，更加惊喜，她惊讶于它如火的羽翎多么精致，惊讶于它紫铜、铁灰、赤褐的色彩多么明亮，她在内心追问，这是一只鸟，抑或是一个不死的灵魂？于是慨叹："担忧死亡是多么可悲。/只相信能被验证的，多么可怜。"她试图与这只神秘的鸟沟通，她发出人类的声音，怎奈，鸟"看了看我，然后目光越过我"，显示出一种居高临下的傲慢。一只鸟只用眼神便征服了她身为万物灵长的人类的心！接着，鸟张开巨大而华美的翅膀翩然而去，空留她站在原地，怅然若失，长久地保持着"仰望"的姿势。于是，一首鸟的诗诞生了。

玛丽·奥利弗1935年9月10日出生在俄亥俄州一个叫枫树岭的小镇，那里的自然有着田园牧歌的美。她似乎天生就是属于自然的，当她置身于自然之中，一切对于她都是那么亲切。自然滋养了她的灵性和诗才，在她13岁还是一个小姑娘的时候就开始写诗了，并断定写诗是她生命中最激动人心、最强烈、最精彩的事情。后来，她走出枫树岭，先后就读于俄亥俄州立大学和瓦萨大学。但是，为了诗歌，她没等到完成学业就走出校门，因为，"在大学里你得学习学习的方法，四年的时间并不足以掌握这种方法。”为了诗歌，她没从事过一项有趣的职业，为的是避免沉迷其中。为了诗歌，她从不加入任何一个诗歌协会，因为担心外在的压力可能会迫使自己随波逐流、急功近利，她说：“我的圈子由那些伟大的诗人组成：我读，读，读……”她十分理智地避开常人走过的大道，而选择适合于自己的经由自然通往诗歌圣殿的小路。在她成名之前，她默默写了25年。“只是写，写，从不试图发表，也不拿出示人。”她最终落脚在普林斯顿，过起了向往的隐居生活，那里有树林，可以随时去散步，在散步中寻找灵感。她随身带着笔记本和铅笔，她的一句名言是：“除非铅笔在你手中，否则天使不会在你的肩膀上。”

她在自然中行走，天空的飞鸟、水中的游鱼、大地上的花朵和奔跑的小兽，全都成为她观察的对象：“我看着某物，看着它，看着它。我看着我自己离它越来越近，为了更好地看它，仿佛透过它的物质形式看到了它的意义。然后，我从中提取出某种象征性的标记，这样，它就超越了现实。”

《仰望》写于1994年，在诗里不难看到，此时已近花甲之年的奥利弗对自然中的事物保持着强烈的好奇心，她的神来之笔更像大师手中雕刀，借助最准确的词语，以简洁流畅的线条，雕刻出活灵活现的意象。神秘的大鸟飞走了，它“披挂火焰”的形象永久地留在读者的记忆中。

玛丽·奥利弗曾在一首诗中写道：“如果有一个寺庙，那我还没有找到。/我就这么继续游荡，在青草和杂草的天堂。”如今，奥利弗已经81岁了，我们祝福她健康长寿，并依然行走在自然里，在对万物的欣赏和祝福中，为人类与自然界的联结，不断写出下一首好诗。

图书在版编目（CIP）数据

诗歌风赏·秋水长天 / 娜仁琪琪格主编．-- 武汉 ：
长江文艺出版社，2016.9
ISBN 978-7-5354-9024-7

Ⅰ．①诗… Ⅱ．①娜… Ⅲ．①诗集－中国—当代
Ⅳ．①I227

中国版本图书馆 CIP 数据核字（2016）第 187235 号

责任编辑：沉　河　　谈　骁　　　　责任校对：陈　琪
书籍装帧：苏笑嫣　　　　　　　　　责任印制：左　怡　　包秀洋

出版：长江出版传媒　长江文艺出版社
地址：武汉市雄楚大街 268 号　　邮编：430070
发行：长江文艺出版社
电话：027—87679360
http://www.cjlap.com
印刷：三河市宏顺兴印刷有限公司

开本：710 毫米 ×1020 毫米　1/16　印张：14
版次：2016 年 9 月第 1 版　　2016 年 9 月第 1 次印刷
行数：5644 行

定价：35.00 元